劇場版 HUNTER×HUNTER ラストミッション

The LAST MISSION

JUMP j BOOKS

ハンター十ヶ条

其乃一　ハンターたる者　何かを狩らねばならない

其乃二　ハンターたる者　最低限の武の心得は必要である
最低限とは念の修得である

其乃三　一度ハンターの証を得た者は如何なる事情があろうとも
それを取り消されることはない
但し証の再発行も如何なる事情があろうとも行われない

其乃四　ハンターたる者　同胞のハンターを標的にしてはいけない
但し甚だ悪質な犯罪行為に及んだ者に於いては
その限りではない

其乃五　特定の分野に於いて華々しい業績を残したハンターには
星が一つ与えられる

CONTENTS

其乃六
五条を満たし且つ上官職に就き 育成に携わった後輩のハンターが
星を取得した時 その先輩ハンターには星が二つ与えられる

其乃七
六条を満たし且つ複数の分野に於いて華々しい業績を残した
ハンターには星が三つ与えられる

其乃八
ハンターの最高責任者たる者 最低限の信任がなければ
その資格を有することは出来ない
最低限とは全同胞の過半数である
会長の座が空席となった時 即ちに次期会長の選出を行い
決定するまでの会長代行権は副たる者に与えられる

其乃九
新たに加入する同胞を選抜する方法の決定権は会長にある
但し従来の方法を大幅に変更する場合は全同胞の
過半数以上の信任が必要である

其乃十
此処に無い事柄の一切は会長とその副たる者
参謀諸氏とでの閣議で決定する
副たる者と参謀諸氏を選出する権利は会長が持つ

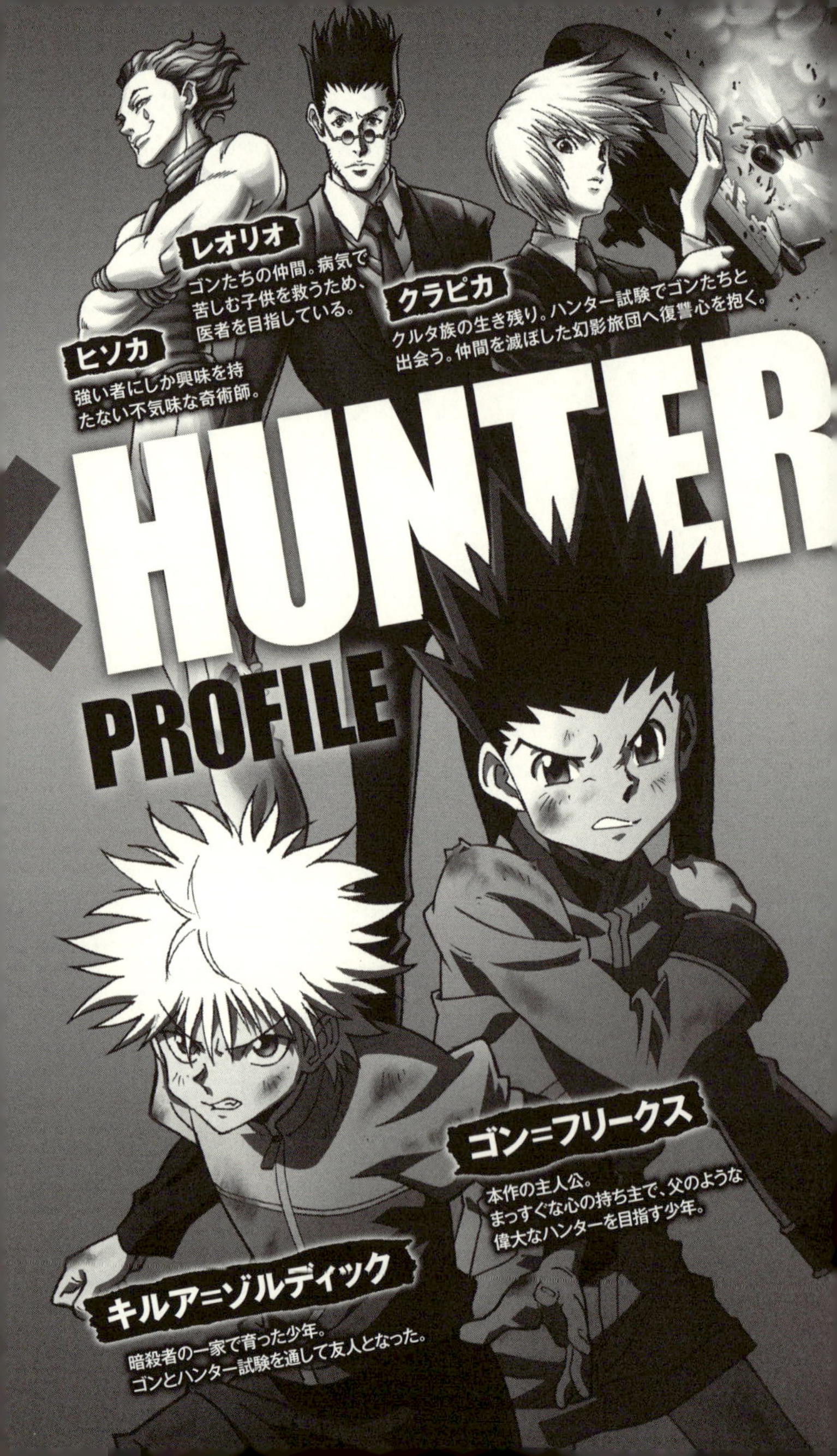
HUNTER
PROFILE
ヒソカ
強い者にしか興味を持たない不気味な奇術師。
レオリオ
ゴンたちの仲間。病気で苦しむ子供を救うため、医者を目指している。
クラピカ
クルタ族の生き残り。ハンター試験でゴンたちと出会う。仲間を滅ぼした幻影旅団へ復讐心を抱く。
ゴン=フリークス
本作の主人公。まっすぐな心の持ち主で、父のような偉大なハンターを目指す少年。
キルア=ゾルディック
暗殺者の一家で育った少年。ゴンとハンター試験を通して友人となった。

センリツ
クラピカの良き理解者。
念能力に加え鋭い聴覚を持つ。
ウイング
心源流拳法師範代。
ゴンたちの念能力
開発の協力者。
ビスケット=クルーガー
見た目は幼いが実年齢は
57歳。念能力は超一流。
ズシ
心源流拳法を学ぶ少年。
大人顔負けの念能力実力者。
ネテロ
史上最強と呼ばれる
ハンター協会の会長。
HUNTER
餓鬼《がき》・修羅《しゅら》
煉獄《れんごく》
ジェドに付き従う
《影》の幹部たち。
天空闘技場を
襲撃する。
ジェド
かつて裏でハンター協会を支えていた
《影》の隊長。清凛隊のネテロの手に
よって粛正されたはずだが…!?

「劇場版 HUNTER×HUNTER
The LAST MISSION」
原作：POT（冨樫義博）「HUNTER×HUNTER」
（集英社「週刊少年ジャンプ」連載）
監督：川口敬一郎
脚本：岸間信明
メインキャラクターデザイン：吉松孝博
製作：日本テレビ放送網 集英社 バップ 東宝
マッドハウス KDDI／日本テレビ系全国28社
配給：東宝

この作品はフィクションです。
実在の人物・団体・事件などにはいっさい関係ありません。

序章

索漠《さくばく》とした荒野《こうや》に、一陣《いちじん》の風が吹いた。

砂塵《さじん》の巻き上がる荒野に点在《てんざい》しているのは、岩石や遺跡の破片《はへん》だけではない。傷つき倒れた男たちの亡骸《なきがら》もまた、無残《むざん》にも散乱している。

その闘《たたか》いは、ほぼ丸一日続いた。

死闘《しとう》の果て、両の足で立っているのは、たった二人の壮年《そうねん》の男だ。

そのうちの一人が、とうとう地面に膝《ひざ》をついた。息も絶え絶《たただ》えに、残ったもう一人の男を睨《にら》みつけながら。

「ぐっ……！」

地に屈した男は、憎しみをこめた目で相手を見つめた。

満身創痍《まんしんそうい》なのは、自分も相手も同様なのだ。決して勝てない闘いではなかった。ではなぜ、自分の技はあと一歩、この男に及ばなかったのか——。ジェドは、奥歯をぎりりと噛《か》みしめながら、拳《こぶし》を握りしめる。

「…………」

相手は無言のまま、物憂《ものう》げな瞳でジェドを見下ろした。

The LAST MISSION

その男がまとう衣服の胸には、「心」の一文字。

かつてのジェドの友であり、常のライバルであったその男は、今や明確な敵であった。

自分を裏切り、目の前で同胞《どうほう》を惨殺《ざんさつ》した、許すべからざる存在である。

ジェドは口の端から零《こぼ》れる血を拭《ぬぐ》い、射殺《いころ》すような憎々しい視線を敵に向けた。

「……この怨《うら》み……決して忘れんぞ……」

しかしその男は、一瞬眉《まゆ》を顰《ひそ》めただけで、悲しげに目を伏《ふ》せる。

「ジェドよ。もう終わりにしようじゃないか……」

どこか憐《あわ》れむようなその口調を、ジェドはどうしても許すことができなかった。

「余裕のつもりか、貴様……！」

ジェドは、傷ついた身体《からだ》にふつふつと怒りが漲《みなぎ》るのを感じた。

この男が強いのは、確かに認める。だが、あれだけの非道《ひどう》な行いをしておいて、今さらこちらを憐れむなど、言語道断《ごんごどうだん》である。

——負けることは許されない。この男にだけは。

周囲の大気が自分の怒気《どき》に震え、張りつめていくのを感じた。ジェドは、この男相手に必殺の切り札を発動することに、何の躊躇《ちゅうちょ》もなかった。

「百鬼呪怨《ヒャツキジュオン》——羅刹《ラセツ》……！」

ジェドの身体から立ち昇《のぼ》るのは、自身の怨みをそのまま投影《とうえい》したような、どす黒いオーラの塊《かたまり》であった。

漆黒《しっこく》のオーラは次第《しだい》に容貌《かたち》をなし、般若《はんにゃ》の面貌《めんぼう》を有する鬼——〝羅刹《らせつ》〟の姿へと変ずる。

身の丈《たけ》の何倍かにまで膨《ふく》れ上がった羅刹《オーラ》は、その威圧だけで周囲の岩石を弾《はじ》き、死した同胞たちの身体を吹き飛ばした。

しかしそれでもなお、この男は微動《びどう》だにしない。

男は、ジェドの背後にそびえる羅刹を見やり、一言つぶやいただけであった。

「〝怨《オン》〟か……」

怨《オン》とは、不可逆のレベルまで精神《こころ》を怨みに浸《ひた》すことで、人の枠《わく》を超《こ》えようとする禁術《きんじゅつ》。

ジェド自身が生み出した術にして、最大最強の切り札なのである。

ジェドの知る限り、この怨《オン》の羅刹を目にして、生きている者は皆無《かいむ》であった。

かつての友である、この男を除いては。

「〝怨《オン》〟ともどもお前を成仏《じょうぶつ》させてやる。〝念《ネン》〟の力でな……」

そう告げる男の周囲に、突如《とつじょ》として竜巻《たつまき》状のオーラが発生した。

砂塵を巻き上げ、光り輝くそのオーラは、この男の生命エネルギー〝念《ネン》〟である。

あくまでこの男は、人としての力で、ジェドの埒外《らちがい》の力を葬《ほうむ》り去ろうとしているのだ。

「ちっと痛《いて》ぇが、我慢しろよ……?」

緩《ゆる》やかに、しかし力強く、男は胸の前で両手を合わせる。

パアン、という小気味《こきみ》いい音が荒野に響き渡り、男は厳《おごそ》かに口を開いた。

「百式観音《ひゃくしきかんのん》――」

男が印《いん》を結ぶと、纏《まと》うオーラが姿を変え、巨大な観音を形作った。

それはジェドの羅刹に勝《まさ》るとも劣らぬ、百手を有する観音の幻影《げんえい》である。

――〝怨《オン》〟でもなく、ただの〝念《ネン》〟だけでここまでのオーラを生み出せるとは……！

こちらを見下ろす観音の視線に、ジェドは、ごくりと息を呑《の》んだ。

その無数の腕は、衆生《しゅじょう》を救済《きゅうさい》するためのものではない。あれは、ただ目の前の敵を蹂躙《じゅうりん》するための、破壊の掌《て》なのだ。

「九十九乃掌《つくものて》っ！」

男が叫ぶや否《いな》や、観音の掌《てのひら》がジェドの頭上へと振り下ろされた。

当然、一撃のみではない。九十九の掌《てのひら》が、五月雨《さみだれ》のごとくジェドへと降り注《そそ》いだのである。

「ぐぅうぅっ――⁉」

ジェドだけではなく、その周囲の地面ごと圧搾《あっさく》するような無数の連撃《れんげき》。雷にも比する速度の掌の雨は、羅刹《オーラ》によるこちらの防御をいとも簡単に打ち砕いた。

「ぐわあああああああっ――！」

当代《とうだい》最強の念《ネン》能力者による究極の奥義《おうぎ》が、怨《オン》の羅刹をも貫《つらぬ》き、ジェドの身体を灰へと変えていく。

——私は決して負けぬ。ネテロ……貴様《きさま》にだけは……！

薄れゆく意識の中で、ジェドは宿敵を見据《みす》えた。

たとえここで肉体が朽《く》ち果てようとも。

どれだけの時間が流れようとも。

この男、そしてハンターという存在に対する憎しみは決して忘れない。

いつの日か必ず、この手で報《むく》いを受けさせてやる——。

ジェドの意識が消えるその刹那《せつな》、羅刹のオーラは禍々《まがまが》しく微笑《びしょう》を浮かべていた。

果たしてこの男《ネテロ》は、それに気づいていたのだろうか。

※

それから、五十年の月日が流れた。


吹雪に閉ざされた極寒《ごっかん》の地、カナン収容所。

この堅固《けんご》な牢獄《ろうごく》は、これまで一度たりとて賊《ぞく》の侵入も脱走も許したことはなかった。

ネズミも逃がさない最新鋭の警備システムと、銃火器《じゅうかき》で武装した屈強《くっきょう》な看守たちによる鉄壁《てっぺき》の警備が、それを可能にしていたのである。

なぜここまでこの収容所のセキュリティが厳重なのかと言えば、ここには、政府がそれだけの予算をつぎこんで守らなければならない〝秘密〟があったからなのだ。

しかし、その鉄壁の警備が、たった数人の侵入者によって瞬時に破られてしまうことになるとは、誰が予想しえただろうか。

「まさか……こんなことが……」

ある看守は、口が半開きのまま、腰を抜かしていた。

轟音《ごうおん》が鳴り響いたのは、つい数分前のこと。収容所の外壁に大きな穴が開けられ、そこから堂々と侵入者が入りこんできた。

侵入者は四人。

体格はまちまちながら、いずれもフードを被《かぶ》っており、暗い雰囲気をまとっていたことだけは共通だった。

「い、一体何者なんだ……?」

この看守が幸運だったのは、物陰《ものかげ》から侵入者を見た瞬間、腰を抜かして動けなくなってしまったことだ。彼らを取り押さえようと飛びかかった他の看守たちは、いずれも帰らぬ人となってしまったのだから。

「ひいっ……!?」

看守たちは何の抵抗もできぬまま、ただ殺された。身体中《からだじゅう》の骨を砕かれ、首をねじ切られた死体が、いまや通路のあちこちにうち捨てられている。襲撃から十分程度で、この収容所は看守たちの死体置き場《モルグ》と化してしまったのだ。

「は、ハンター協会に……連絡を――」

そう言った収容所の所長もまた、侵入者の一人によって頭頂《とうちょう》を柘榴《ざくろ》のように弾《はじ》き飛ばされ、物言わぬ死体の仲間入りをしてしまった。

「うう……これは夢だ……。悪夢だ……」

もはやこの看守は、目の前で起きている事態に対してどうすることもできなかった。侵入者たちが牢《ろう》を解放し、収容者を檻《おり》の外に連れ出そうとも、ただただ震えて物陰に隠れたまま見ていることしかできなかったのである。

「――時は満ちた」

収容者たちを食堂の広間に集め、侵入者のリーダーと思われる男が、静かに口を開いた。

収容者たちは、戸惑《とまど》いと緊張の入り混じった表情で、この人物の言葉に耳を傾けている。

「今こそ復讐《ふくしゅう》のとき……。ハンターに怨《うら》みを持つ者たちよ。お前たちをここに追いやった者への怒り、憎しみ、怨み――そのすべてを解《と》き放《はな》て」

リーダーの男が、ゆっくりと告げる。

その声色《こわいろ》は、檄《げき》を飛ばしたり、恐怖を植えつけようとする類《たぐい》のものではない。ただ、収容者たちの胸の奥にある昏《くら》い感情を呼び起こそうとしているような、そんな響きであった。

「影が光を支配するのだ——」

フードの下から覗《のぞ》く男の憤怒《ふんぬ》の表情は、まるで羅刹《おに》のようだ——看守は物陰から様子《ようす》をうかがいながら、ただただ身を震わせていた。

第1章 異変

その日、街《まち》は活気に満ち溢《あふ》れていた。

通りは見渡す限りの観光客でにぎわい、食べ物や土産《みやげ》の屋台が看板を連《つら》ねている。

昼間だというのに空には花火が打ち上がり、動物芸で小銭《こぜに》を稼ぐ大道芸人《だいどうげいにん》や、それを見て手を叩《たた》く見物人、仮装をしている人々も大勢いる。

街全体が、楽しげな祭りに浮かれているようだった。

わくわく顔で通りを歩く黒髪の少年――ゴンもまた、街の雰囲気を楽しんでいた一人だ。そこかしこから漂《ただよ》ってくる肉や野菜の焼ける香ばしい匂《にお》いのおかげで、買い食いの誘惑に打ち勝つことはできなかった。

「もぐ……むぐ……。旨《うま》いっ！」

ゴンが右手に握っているのは、タレのたっぷりかかった炭火焼《すみびやき》のフランクフルト串《ぐし》だ。

一口噛《か》んだだけで肉汁のジューシーな食感が口の中に広がる、極上《ごくじょう》の味だ。

二百ジェニーにしてはお買い得かもしれない。後でキルアにも教えてやろう――そんなことを思いながら、ゴンは人波をかき分けるようにして路地《ろじ》を走った。

ふと空を見上げると、そこにはハンター協会会長、ネテロの顔が浮かんでいる。

もちろん実際の顔ではなく、風船にプリントされたイラストだ。今日はこの街で、いくつも同じデザインの風船を目にしたが、それらを見るたびに、ゴンはネテロのあまりの人気ぶりに呆《あき》れてしまう。

ぼんやりと空を眺《なが》めるゴンの後ろから、聞き慣れたスケボーのローラー音が聞こえてきた。

「よ」

振り向くと、吊《つ》り目の少年が右手を上げていた。

スケボーを止め、小脇《こわき》に抱え上げたこの少年は、ゴンの相棒《あいぼう》にして親友——キルアだ。

「祭りを見て回るのはこのくらいにして、そろそろ目的地に向かおうぜ」

「うん」

キルアと二人、並んで街を歩く。

キルアは、キョロキョロと周《まわ》りの人ごみを見渡しながら、感慨深げにつぶやいた。

「なんか久々に、『都会』って感じだよな」

「ここんとこ、ずっとカキン国にいたからね」

父親《ジン》の手がかりを探して旅をしていたゴンは、ジンの弟子にしてゴンの旧知《きゅうち》でもあるハンター、カイトの元へと辿《たど》りついていた。

カイトと再会し、すぐに意気投合《いきとうごう》したゴンとキルアは、カイトの仕事を手伝うことになった。それは、カキン国からの依頼によるジャングルでの生物調査の任務《にんむ》だったのである。

鬱蒼《うっそう》とした自然の中、新種の虫や動物を探し回って過ごした数日間は、こういう都会の文化的な生活とは程遠《ほどとお》いものだった。

「でも楽しかったなあ、生物調査……。ジャングルって、おかしな生き物がいっぱいだったよね。オレ、ああいう仕事、結構《けっこう》好きかも」

「ははっ、この野生児《やせいじ》め」

元々くじら島《とう》で野山を遊び場にしてきたゴンにとっては、こういう都会で遊ぶよりも、密林でのハントの方が肌に合っているのかもしれない。

「でもま、都会は都会でおかしな生き物がいっぱいいみたいだけど」

「え？」

キルアの指《さ》し示す方向——広場中央には、何やら人だかりができているようだった。

どうやら、観光客が何かひと悶着《もんちやく》起こしたらしい。

「おいアンタ。他人にぶつかっておいて、何もなしとは失礼なんじゃねえのか？」

「い、言いがかりはよしてくれっ！」

人垣《ひとがき》の中に首を突っこんでみると、観光客と思われるスーツ姿の身綺麗《みぎれい》な紳士《しんし》が、彼よりも頭一つ分は大きな巨漢《きょかん》たちに因縁《いんねん》をつけられている様子《ようす》が見てとれた。

相手の男は二人。咥《くわ》え煙草《たばこ》に角刈りというチンピラめいた身なりではあったが、鍛え上げられた身体《からだ》をしている。場所柄的に考えれば、格闘家だろうか。

「オッサン、いい時計してんじゃねえか。慰謝料《いしゃりょう》くらいケチケチすんなよな」

お金を要求しているのを見て、ゴンも彼らが真《ま》っ当《とう》な連中でないことに気がついた。隣のキルアも、やれやれ、と眉《まゆ》をひそめている。

「ちょっと手が掠《かす》ったくらいだろう？　いいから放してくれ！」

毅然《きぜん》と対応する紳士だったが、どうやらそれはこの手の男たちに対しては逆効果だったようだ。

「ああん？　オレたちに楯突《たてつ》こうだなんて、いい度胸《どきょう》じゃねえか」

「口で言ってもわかんねえなら、拳《こぶし》で話し合うしかねえみてえだな」

紳士の襟元《えりもと》をつかんでいた男が、そのまま片腕で、彼を身体ごと軽々と持ち上げた。

「ひいっ⁉　ぼ、暴力はやめてくれ！」

さすがのゴンも捨て置けず、男たちの凶行《きょうこう》を止めようと駆け出したのだが、救いの手はそれより一瞬早く訪れていた。

「へぶうっ⁉」

見れば、紳士を殴《なぐ》ろうとしていた巨漢の顔面に、小さな足先がめりこんでいる。不意の蹴撃《しゅうげき》を受けた男は、なすすべもなくその場にくずおれてしまった。

蹴《け》りを放ったのは、ゴンとも顔なじみの、イガグリ頭の拳法《けんぽう》少年だった。

その顔つきは、以前会ったときよりも凄《すご》みを増しているように見えた。

「てっ、てめえええええっ！」

相棒が一撃で倒されたことで激昂《げっこう》し、残ったもう一人が道着《どうぎ》姿の少年に飛びかかった。

周囲の人間ははっと息を呑《の》んだものの、少年に一切《いっさい》の動揺《どうよう》はないようだ。

拳法少年は呼吸を乱すことなく、深く腰を落とし、チンピラに対して身構《みがま》える。

「…………」

すうっと息を吐いた少年は、右拳を握りしめ、流れるようにまっすぐ男の腹部《ふくぶ》を突いた。

「せえいっ！」

勝負は、たったその一撃で終わった。

水月《みぞおち》を的確に狙った強烈な拳打《けんだ》によって、男はあえなく気を失い、地に伏すこととなった。

びくんびくん、と地面で身悶《みもだ》える男には、自分が何をされたのかすら理解できなかっただろう。それだけ、少年の正拳《せいけん》突きは速く、鋭いものだったのだ。

「――押忍《おす》っ！」

少年が両手を身体の前で交差させ、倒れた相手の前で立礼を行った。たとえ相手がチンピラであっても、礼儀は尽くす。相変わらず真面目《まじめ》な性格をしているようだ。

「あ、ありがとうございます！　なんとお礼を言えばいいことやら……！」

紳士が感激の笑《え》みを浮かべ、少年の元へと歩み寄った。懐《ふところ》の財布の中から紙幣《しへい》を数枚抜き出して、少年に渡そうとしたのだが、

「とんでもないっす。当然のことをしたまでっす」

少年は首を振り、歩き去ってしまう。清廉《せいれん》を絵に描《か》いたような少年である。

ゴンは、広場から立ち去ろうとする彼の背に、声をかけた。

「ズシ！」

振り向いた少年は、ゴンの姿を認め、笑顔を浮かべた。

「ゴンさん、キルアさん！　久しぶりっす！」

「よ、久しぶり。元気そうで何よりだな」

立礼をするズシに、キルアが苦笑《くしよう》しつつ応《こた》える。

久しぶりの友人の元気な姿に、ゴンは頬《ほお》が緩《ゆる》むのを感じた。

だが、久しぶりなのは、彼だけではない。

「……こんにちは、ゴン君、キルア君。キミたちも元気そうですね」

「そりゃ元気でないと困るわさ。このあたしが修行をつけてやったんだからね」

人ごみの中から進み出てきたのは、長身のメガネの青年と、リボンとフリルのついたドレスをまとった背の低い少女だ。

どちらも、ゴンとキルアにとっては師匠《ししよう》に当たる恩人《おんじん》である。

「ウイングさん！　ビスケ！」

「……ビスケ？」

フリルの少女――ビスケが、腰に手を当ててゴンを睨《にら》みつけた。

「ウイングが『さん』づけで、あたしはビスケ？　呼び捨て？」

「あ、いや。だって……」

ぷうっと頬を膨《ふく》らませるビスケを見ていると、どうしても見た目相応《そうおう》の女の子にしか思えない。

しかしこう見えても彼女は、ゴンたちの師匠であるウイングの、さらに師匠――プロハンターにして念《ネン》能力の達人、実年齢五十七歳の大先輩なのである。

本来ならばウイングに対するのと同様、敬意《けいい》を払ってしかるべきなのだろうが、一旦《いったん》呼びなれた名前に敬称をつけるというのは難しい。

後ろ頭をかいて誤魔化《ごまか》そうとするゴンに、ウイングが微笑《びしよう》を浮かべた。

「ははは、相変わらずだな、ゴン君」

「そういうあんたも相変わらず、だらしないわさ」

半分だけズボンからはみ出たウイングのシャツの裾《すそ》を、ビスケがくいっと引っ張る。

このウイングという青年、真面目で人当たりもよく、心源流《しんげんりゆう》拳法師《し》範代《はんだい》の肩書に恥じない実力者なのだが、少々ズボラなところが玉にキズである。

今日も髪には寝癖《ねぐせ》がついているし、よれよれのワイシャツは着崩《きくず》れてだらしない。ビスケに言わせれば「服の着方をいくら注意しても直らない」のだそうだが。

「いやあ、ははは」

「だからシャツを入れなさいよ」

突如《とつじょ》街中で、シャツの入れ方の指導を始める師匠。それを見て、傍《かたわ》らのキルアは、ぷっと吹き出していた。

「なんか、懐《なつ》かしいな」

「え？　ウイングさんが？　ビスケが？」

きょとん、とするゴンに、キルアは首を振って街の中央を指《さ》した。

「ああ……」

そこには、天高く巨大な塔《とう》がそびえ立っている。地上二百五十一階、高さ九百九十一メートルのあの塔こそが、この街のシンボルであり、最大の観光収入源——全世界の格闘家たちの憧憬《しょうけい》の地であった。

ゴンもまた、今日再び訪れたそのタワーを見上げ、こくりと頷《うなず》いた。

「懐かしいね。天空闘技場《てんくうとうぎじょう》」

塔の周りにいくつも浮かぶ飛行船からは、垂《た》れ幕《まく》が下がっている。そこにでかでかと書かれていたのは、『バトルオリンピア本日開催』の告知であった。

※

『全世界の格闘技《かくとうぎ》ファンの皆様、お待たせいたしましたあああぁっ！』

天空闘技場《てんくうとうぎじょう》二百五十一階、最上階に設けられた闘技場《コロッセオ》に、高らかにアナウンスの声が響き渡った。中央のリングを囲む客席は、窓から差しこむ夕陽に照らされ、試合への興奮に血を滾《たぎ》らせた観客たちの表情を紅《あか》く染め上げている。

『総合格闘技の殿堂《でんどう》、ここ天空闘技場でいよいよぉ！　世界最高の格闘技の祭典《さいてん》、バトルオリンピアの幕が開《あ》きますっ！』

バトルオリンピアの司会、コッコの声に、観客たちは「うおおおおっ」と雄叫《おたけ》びを上げた。

二年に一度しか開かれない大会なのだ。会場の興奮は、否《いや》が応《おう》にも高まるというものだ。

『――一瞬も見逃せません！　まばたきすらも許されません！　もちろん、行われる全試合は、テレビ、ラジオ、ネットを通じて五大陸すべてにライブでお届けしています！』

アナウンスの女性の言うとおり、このバトルオリンピアは全世界が注目するものとなっていた。今この瞬間、世界中のあらゆる都会の街頭《がいとう》モニターにはこの開会式の様子《ようす》が放映され、人々は興味深げに見守っている。

もちろん、今大会に注目しているのは一般人だけではないだろう。

ある暗殺《あんさつ》一家の次男坊も、ピザを片手に自室のモニターの前で掛け金の計算をしていたし、Ｇ・Ｉ《グリードアイランド》クリアの報奨金《ほうしょうきん》を持《も》て余《あま》した念獣《ネンじゅう》使いのハンターも、高級ホテルのスイートで、のんびりテレビを眺《なが》めていた。

そして、同じ天空闘技場の二百四十五階――このフロアの闘士《とうし》であった戦闘狂《せんとうきょう》の奇術師《きじゅつし》も、トランプタワーを積み上げる片手間に、自室でモニターを眺めていた。戦闘で自分を満足させられるような強敵が現れることを楽しみにしながら。

舞台中央では、コッコがテンションの高いアナウンスを続けている。

『――会場を埋《う》め尽《つ》くすのは、限られたチケットを手に入れることができた幸運なお客様だけっ……！　ああっ羨《うらや》ましい！　そしてその中には、世界最高レベルの格闘をご自身の目でご覧になりたいという各界の名士も多数ご来場されています！』

そう言ってコッコは、客席の最上段、ＶＩＰ《ビップ》席へと目を向けた。

そこに並んでいる顔は、格闘技マニアの政治家や資産家、そして暗黒街《あんこくがい》のボスたち……。一枚三千万ジェニーという高額なプラチナチケットを購入した人間たちが、取り巻きを侍《はべ》らせ、ＶＩＰ席から舞台を見下ろしている。

ＶＩＰ席の中には、ノストラード組《ファミリー》のボスの娘、ネオンの姿もあった。

「ナマの殺し合いって、一回見てみたかったんだよね。楽しみ！」

はやる気持ちを抑《おさ》え切れないのか、ネオンはきょろきょろと周《まわ》りを見回す。

マフィアの娘にして人体収集家という物騒《ぶっそう》な一面を持つ彼女であっても、こうしていれば年相応《そうおう》の少女にしか見えない。

彼女の傍《かたわ》らに控《ひか》えていた護衛《ごえい》の青年——クラピカは、機嫌《きげん》を良くしているネオンの様子を見て、安堵《あんど》のため息をついていた。

——できれば、彼女にはこのまま大人しくしていてもらいたいものだな。

彼女の護衛リーダーを務めるクラピカにとって、いつも手を焼いているのはネオン自身のご機嫌であった。

このネオンという少女、好奇心が強いうえに気まぐれで感情の浮き沈みが激しく、扱いが難しい。機嫌が悪いと、目を離した隙《すき》にどこかにフラフラ行ってしまうこともあり、非常に厄介《やっかい》なのだ。護衛をするうえでは、彼女のご機嫌伺《きげんうかが》いは常に念頭《ねんとう》に置かなければならない。

このバトルオリンピア観戦も、半分は彼女のご機嫌取りが目的であった。

だからこそ、クラピカたち護衛チームも、なるべく彼女の気分を損ねないよう細心《さいしん》の注意を払っていたのだが……そんなときに限って、邪魔者《じゃまもの》は現れるものである。

「……いやあ、残念。実に残念ですな」

頭の先からつま先までブランドで身を飾った髭面《ひげづら》の男が、にたにたと笑いながらネオンに声をかけてきた。

その男のキツイ香水の匂《にお》いを嗅《か》いだ瞬間、ネオンは顔をしかめる。

「はあ……？」

「聞くところによると、お父様はご病気！　久しぶりにお会いしたかったのですが、残念、残念！」

男は下卑《げび》た笑《え》みを浮かべ、ネオンにへつらうように嘆《なげ》いて見せた。

この男は確か、どこぞの小国《しょうこく》のお偉《えら》いさんで、名をガルシアといっただろうか。ネオンの占いの上客《じょうきゃく》の一人で、ノストラード組《ファミリー》に媚《こび》を売っている人物だ。

「それはどーも」

「ところでお嬢さん。もう例の占いは引き受けてくださらないのですかな？　実は私、今週、重要な商談がありましてね。どうしても占っていただきたいのですが」

「あー、ちょっと休業中で……」

「そこをなんとかしてくれませんかね？　私とお父様の仲に免《めん》じて、ね？」

よほど占いをしてほしいのか、ガルシアがしつこくネオンにつきまとっている。こういう輩《やから》は、本当に始末に負えない。

クラピカはため息交《ま》じりに、二人の間に顔を挟《はさ》んだ。

「今日のボスはプライベートだ。仕事の話はやめてもらおうか」

クラピカが凄《すご》んでみせると、その眼力《がんりき》に気圧《けお》されたガルシアは「で、では失礼」と踵《きびす》を返した。

「もう、ああいうヤツ嫌い！」

ネオンは男の背中に向けて、「いーっ」と歯をむき出しにする。せっかく楽しいバトルオリンピア観戦だったのに、変な男に粘着《ねんちゃく》されてご機嫌斜《なな》め、といったところだろうか。

クラピカは、憤《いきどお》る彼女にそっと耳打ちする。

「ノストラード家の威光《いこう》を示すためには、社交界《しゃこうかい》への出席は必須《ひっす》……。ご面倒《めんどう》かもしれませんが、どうかお堪《こら》えください」

VIP席でバトルオリンピアを観戦することも、セレブリティにとってはステイタスの一つなのである。プラチナチケットを入手できるだけの財力を示し、ノストラードが健在であることをアピールする。

それが、彼女をここまで連れてきた目的のもう半分であった。

「むうう……」

「お父上も外に出られる状況ではありませんし……。ああいう輩は今後私が近寄らせませんから」

クラピカの説得に、ネオンも一応は納得したのか、ぷい、と押し黙ってしまった。

多少強引《ごういん》な説得になってしまったが、ある程度は仕方がない。ネオンとノストラード組《ファミリー》には、今後も経済的に強くあってもらわねばならないのだ。なぜなら、ネオンの人体収集家としてのコネは、失われた同胞《どうほう》の眼を探すためには必要なものなのだから——。

と、そのとき、後ろから同僚《どうりょう》に声をかけられる。

「クラピカ。また昔の仲間のことを考えていたの？　心音《メロディ》が乱れているわよ」

「センリツ……」

クラピカが振り向くと、心配そうに見つめる同僚と目が合った。温厚《おんこう》で心優しい彼女は、護衛チームの中でも比較的クラピカが心を許している人物である。

とはいえ、同胞の眼の奪還《だっかん》はクラピカ一人の問題だ。任務の間は彼女に余計な心配をかけまいとしているのだが、心音《しんおん》でこちらの心理状態を看破《かんぱ》する能力者相手では、そうもいかない。

クラピカが彼女にどう応《こた》えようか戸惑《とまど》っていると、タイミングよく懐《ふところ》の携帯電話がメールの着信を告げた。

「………？」

そのメールの送り主は、意外な人物だった。

クラピカはスーツの内ポケットに携帯電話をしまうと、センリツに小声で告げる。

「……少し席を外す。ボスの護衛は任《まか》せる」

頷《うなず》くセンリッツの脇《わき》を通り抜け、クラピカはＶＩＰ席を後にする。

——あの男、一体何の用事だというのだ……？

突然のメールを訝《いぶか》しみながらも、クラピカは送り主の元へと向かうのであった。

※

『——ご存じのとおり天空闘技場《てんくうとうぎじょう》では、上の階に行けば行くほど実力者として認定されます！　そして、今日ここに集《つど》うのは、二百三十階から二百五十階までを制したフロアマスターたち！　そのトーナメント戦が行われるのが、このバトルオリンピアなのです！』

客席で司会《コッコ》のアナウンスを流し聞きしながら、ゴンはパラパラとバトルオリンピアのパンフレットをめくっていた。そこに記載されているのは、フロアマスターとなった二十一名の闘士《とうし》たち——「ムカデ」「ハエ」「カンジル」等々、一筋縄《ひとすじなわ》ではいかなそうな屈強《くっきょう》な闘士たちが、写真つきで紹介されている。

隣のキルアが、笑いながらゴンの顔を覗《のぞ》きこんだ。

「自分も闘《や》ってみたいって、うずうずしてるみたいだな、ゴン」

「え？　オレそんな顔してた？」

「顔に書いてありまくりだぜ？　ま、オレもちょっとは気持ちわかるけど。……観戦だけってのは、ちょっともったいなかったかな」

「うん。オレもいつかジンを見つけたら、挑戦してみようかな。バトルオリンピア」

頷《うなず》き合うゴンたちの顔を、横合いからビスケが覗きこんだ。

「結局あんた、『同行《アカンパニー》』のカードでもジンには会えなかったの？」

「残念ながら。……でも、カイトには会えたよ。キルアのことも紹介したんだ。オレの一番の親友だって」

Ｇ・Ｉ《グリードアイランド》をクリアしてからの数週間を、ビスケにかいつまんで説明する。

カイトや生物調査のことを楽しげに語るゴンたちに、ビスケは「そりゃよかったわさ」と、微笑《ほほえ》ましい視線を送るのだった。

「バトルオリンピアを観終ったら、カイトたちとはまた合流する予定なんだ！」

カイトや彼の仲間たちは現在、海外で発見された〝奇妙な生物〟を調査するため、一足早くサザンピースに向かっている。ゴンは、再び彼らと生物調査ができるのを楽しみにしていた。

「おい見ろよゴン。ゲートから出てくるみたいだぜ」

アナウンス席からの「選手入場」の声と共に、闘士たちが舞台中央へと歩み出てきた。

筋骨隆々《きんこつりゅうりゅう》な者、変わった得物《えもの》を手にしている者、普通の人間とは思えぬ身体《からだ》つきの者……二十名あまりの闘士たちの顔ぶれはさまざまであったが、その中でも一際異彩《ひときわいさい》を放っているのは、道着姿《どうぎ》の小柄《こがら》な少年だろう。

ゴンとキルアが天空闘技場へと足を運んだのも、ひとえに彼の応援のためなのである。

「ズシすごいよね。まさかフロアマスターになってるなんて」

「ええ、彼は毎日修行を怠《おこた》りませんでしたから」

堂々と舞台に現れた愛弟子《まなでし》の姿に、ウイングが微笑みを浮かべた。

ズシが纏《まと》う、穏やかながら力強いオーラを見れば、師匠《ウイング》の言うとおり、ゴンたちと別れた後も、彼がひたむきに研鑽《けんさん》と試合を重ねてきたことがわかる。

その結果が、今のフロアマスターとしての彼なのだ。

ゴンが念《ネン》を覚えたての頃に戦ったのが、二百階クラスだった。それよりもはるかに上のクラスでフロアマスターになったズシは、あの頃よりも格段《かくだん》に強くなっているのだろう。

体格こそ小柄とはいえ、その鍛え抜かれた拳《こぶし》や筋肉は他の闘士たちと比べてもなんら遜《そん》色《しょく》はなかった。心なしか舞台に立つ彼の表情も、自信に溢《あふ》れているように見える。

成長したズシの姿は、キルアですら「へえ」と舌を巻くほどだった。

「あれなら、応援しがいもあるな。どれだけ強くなったか、楽しみだぜ」

「もしかして、優勝しちゃったり？」

友達が格闘技界《かくとうぎかい》の頂点に立つ姿を見ることができるかもしれない——。それを思うと、ゴンは弾《はず》む胸を抑え切れなかった。

「ウイングさん、今日はどうも、招待してくれてありがとう！」

「どういたしまして」

メガネの位置を直しつつ、ウイングが微笑みを浮かべた。

「――実は、他にも意外な人を招待しているんですよ」

「え？」

「その人に、ズシのトレーナーをお願いしようと思いましてね」

それは真面目《まじめ》なウイングにしては珍しく、悪戯《いたずら》めいた微笑みであった。

※

夕日に染まる天空闘技場《てんくうとうぎじょう》の外壁を横目に、レオリオは裏路地《うらろじ》で独《ひと》り悪態《あくたい》をついていた。

「あー、痛《い》ってえ……。誰だよ。マンホールのフタなんて開けっ放しにしてたヤツは」

したたかに打ちつけた額《ひたい》をさすりながら、レオリオはゆっくりと上体を起こした。見れば、せっかくの一張羅《いっちょうら》のダークスーツに、汚れがついている。

つい先ほど、レオリオは半分開いていたマンホールのフタに足をひっかけ、派手《はで》に頭から転んでしまったのだ。水道業者の不手際《ふてぎわ》なのだろうが、こう急いでいるときだと余計《よけい》にイライラが募《つの》る。

「それじゃなくても遅刻ギリギリだってのによ……。ズシってヤツは何試合目だっけ？」

レオリオがネテロ会長からの言伝《ことづて》を聞いたのは、つい三日前のことだった。

なんでも、ネテロ会長お気に入りのズシという少年が、この天空闘技場でバトルオリンピアに出場することになったらしい。そこでトレーナーとして医療の心得《こころえ》のあるプロハンターを探していたらしく、レオリオに白羽《しらは》の矢が立ったというわけだ。

「医大受験やら念《ネン》の修行やらでオレもヒマじゃねえってのによー」

スーツについた埃《ほこり》を、ぱんぱん、と払い落とし、レオリオは立ち上がった。

「……まあ、ゴンたちも観戦に来るってんなら、引き受けねえわけにはいかねえよな」

腕時計で時間を確認。もう開会式には間に合わないだろうが、走ればなんとか試合までには会場に到着できるだろう。

再び歩き出そうとしたその刹那《せつな》、

「ん……?」

背後に、ぞくりと嫌な気配を感じた。

周囲の空気が冷たく張りつめ、頭上のカラスがばたばたと飛び去る。何か忌々《いまいま》しい殺気のようなものが、後ろから近づいてきているようなそんな気配がする。

だが、レオリオがそれを感じたときには、もう手遅れだった。

「――が……あっ……!?」

不意に、後頭部に激痛が走った。目の奥が明滅《めいめつ》するような、強烈な痛みだ。

何者かに殴られたのだろうか。迎撃《げいげき》するどころか、振り向くことすらできなかった。

レオリオの身体《からだ》は、糸の切れた人形のように、あっけなくうつぶせに倒れた。

消えそうになる意識の中で、レオリオの耳に男の声が聞こえる。

「……この男、どうしますか?」

「ただの観光客だろう。殺すまでもあるまい。捨て置け」

「了解……!」

自分を襲った連中だろうか。足音から察するに、人数は三、四人くらい。いずれも、かなりの達人のようだ。

連中の一人が、レオリオの身体に、ガンと足蹴《あしげ》りを加える。

「運が良かったな、マヌケ面《づら》の兄ちゃん。お前、ハンターだったら死んでたぜ」

後は彼らのなすがまま、傍《かたわら》のマンホールへと蹴飛ばされてしまった。

身体がふわりと重力の軛《くびき》から解放されたところで、レオリオの意識は完全にブラックアウトした。

※

天空闘技場《てんくうとうぎじょう》、最上階のコロッセオは、開会を前にさらなる熱気に包まれていた。客席を埋《う》め尽くすすべての観客の視線が、舞台上方に設置されたモニターに注《そそ》がれている。

モニターに映し出されたのは、ゴンやキルアにも馴染《なじ》みの深い人物だった。

『この歴史的な日に、伝説の男が来てくれた！　ハンター協会会長、ネテロ氏です！』

興奮気味《ぎみ》のアナウンスに、会場からも大きな歓声《かんせい》が上がる。

ゴンの隣では、キルアがポカンと口を開けながらモニターを見つめていた。

「あのジジイ、来てたんだな。それにしてもすげー人気だ」

「そりゃそうだわさ。ネテロは過去に何度かこのバトルオリンピアを制してる殿堂《でんどう》入り闘《とう》士《し》なんだし。格闘技《かくとうぎ》ファンからは、生ける武神《ぶしん》扱いされてるくらいよ？」

ビスケの説明に、ゴンやキルアは「へー」と舌を巻く。

なるほど、それならこの会場の盛り上がりも頷《うなず》ける。おそらく出場している闘士たちの中にも、ネテロを目標に技を磨《みが》いている者も多いに違いない。

「ところで、ビスケは出ないの？　バトルオリンピア」

「へ？　あたし？」

ゴンの言葉に、ビスケはきょとんとした顔になった。

「ビスケくらい強かったら、かなりいい線行くと思うんだけど」

「いや、ろくに金にも宝石にもならないバトルなんて、あたしは興味ないわさ」

「……だったらなんでわざわざ観戦しに来てんだよ」

ため息をつくキルアに、ビスケは頭を振ってみせる。

「わかってないわね。純粋に試合観戦しに来てるんだわさ。……若い男の子たちがリング上で鎬《しのぎ》を削《けず》り合う様《さま》って、ソソるでしょう？」

おほほ、と奇妙な笑《え》みを浮かべるビスケ。

彼女の趣味をいまいち理解できないゴンは、首をかしげることしかできなかった。

そうこうしているうちにモニターの中では、ネテロがゆっくりと口を開く。

『えー、バトルオリンピアに出場する諸君《しょくん》』

ネテロの声がスピーカーを通じて聞こえてきた瞬間、あれだけ熱狂の渦《うず》にまみれていた客席は、水を打ったように静まりかえった。皆、生ける武神の言葉を聞き洩《も》らさないようにしているのだろう。

『君たちは今日、世界最高の闘士という名誉《めいよ》を競って戦うわけだが、戦いに勝ち頂点に達するということは、同時に孤独の始まりでもある。

勝敗が決まるということは、追う者が追われる者になるということ。そのとき、かつてのライバルたちは既《すで》に遠く後ろに消え、目の前にはただ何もない地平だけが――』

未来ある若き闘士たちに向け、ネテロは語る。

ビスケにはそれが意外だったのか、感心したようにモニターを注視《ちゅうし》していた。

「ネテロにしては真面目《まじめ》にしゃべってるわさ」

「公式な場ですからね」

と、ウイング。

確かに今日のネテロは、ハンター試験のときの、ひょうきんな老人の顔とは違っていた。

さすがはハンター協会会長、締《し》めるべき場面ではきちんと締めるのだろう。

『そのような状況に立たされたとき、強さの行き着く果てとは一体なんだったのか、自分の今までやってきたことに意味はあったのか。すべてを見失ってしまうこともあるかもしれない。それは、長い長い孤独の始まりとも言えよう……。

しかし、だとしても、君たちはやらなければならない。なぜなら、それらの感傷《かんしょう》など、すべて些末《さまつ》なものに過ぎないということを、君たちは既に知っているからである。地上最強という夢、それは……。あ――』

そこで不意にネテロが黙りこみ、ため息を一つついた。

彼は、どんな含蓄《がんちく》のある発言をするつもりなのだろう――会場中が固唾《かたず》を呑んで見守っている。

しかしそこでネテロが発した言葉は、誰にも予想できないものであった。

『まあ、楽しんでやっとくれ』

それだけ言い残すと、ぶつん、とモニター映像が消えてしまった。

観客たちは、「え?」「それだけ?」と、呆気《あっけ》に取られている。

ゴンの隣でも、ビスケが「やっぱり会長だわさ」とため息をついていた。

『……き、聞こえましたでしょうか! 会長のお言葉、届きましたでしょうか! 楽しめと！　この空間だけの瞬間を楽しめと！　そう仰《おっしゃ》ったのです！』

アナウンス席のコッコは、いまだ興奮冷《さ》めやらぬ口調で盛り上がっている。ものは言いようというべきか、きっと彼女はネテロの熱烈なファンなのだろう。

殿堂入り闘士の挨拶《あいさつ》が終わり、舞台上ではマスコットキャラクターたちによる開会セレモニーが始まった。イヌやネコを模《も》した可愛《かわい》らしい着ぐるみが、スポットライトと楽しげな音楽に合わせて小粋《こいき》なダンスを披露《ひろう》している。

格闘試合の前座《ぜんざ》にしては随分《ずいぶん》とファンシーなショーだったが、おそらくはテレビの前の子供たちも楽しめるように、との配慮なのかもしれない。老若男女《ろうにゃくなんにょ》、世界中のさまざまな人間がこのバトルオリンピアを観戦しているのだ。

『ウェルカム・トゥ・ザ・バトルオリンピア！　皆様の前で華麗《かれい》なダンスを繰り広げるのは、戦士たちの宴《うたげ》を祝いに駆《か》けつけてくれた妖精《ようせい》たちです！　選手の準備が整うまで、どうぞ彼らのダンスをお楽しみください！』

血気《けっき》盛んだった客席は、着ぐるみの妖精たちのひとときのイリュージョンに心を奪われていた。「可愛い！」「きれい！」という賞賛《しょうさん》の声も上がっている。

しかし観客は、誰一人気づいてはいなかった。

ちょうど同じ頃、天空闘技場に望まれない来訪者が訪れていたことに。

※

畳《たたみ》に屏風《びょうぶ》、木造りの座椅子《ざいす》。和風にこしらえられた控室で、ネテロは掌《てのひら》に載《の》せたコインの欠片《かけら》を眺《なが》めていた。

「楽しんでやっとくれ、か……」

中央から二つに分けられたこの年代物のコインは、とある男との思い出の品だった。

今思い返せば、何も小難《こむずか》しいことを考えずに純粋に戦いを楽しんでいられたのは、あの男がまだ生きていた頃だった。

世界一のハンター、地上最強の格闘家《かくとうか》、最高の念《ネン》能力者——それらの肩書きを得てからの自分は、果たして戦いに楽しみなど見いだせていただろうか。

あの男がいなくなって以降、自分はもはや目指《めざ》すべき頂《いただき》などなくしてしまった。ただ向かってくる敵を惰性《だせい》で倒していたら、いつの間にか、伝説の殿堂《でんどう》入り闘士《とうし》、などと呼ばれる立場になっていたというだけの話である。

そんな自分が若人《わこうど》たちに「楽しめ」などとは、片腹《かたはら》痛い——。

自嘲気味《じちょうぎみ》にため息をつくネテロの耳に、怒鳴《どな》り声が響いてきた。

『会長！　なんですかさっきの挨拶《あいさつ》！　途中で終わらせるとは何事ですか!?』

控室に設置されていたモニターに、頬《ほお》を膨《ふく》らませたビーンズの丸い顔が写し出されている。大方《おおかた》、ハンター協会の本部ビルでも、さきほどの開会式の中継を見ていたのだろう。

このビーンズという男、真面目《まじめ》なのはいいのだが、真面目すぎてときどき面倒くさい。

『事前にちゃんと挨拶文は準備していたでしょう⁉　あんないい加減《かげん》な挨拶ではハンター協会の名にキズが――』

まくし立てるビーンズの声がとつぜん途切《とぎ》れ、モニター画面が切り替わる。

ナイスタイミングなことに、どうやら警備員からの連絡が入ったようだ。

「どうかしたかの？」

『あの、こちらエレベーター入口です。子供が二人、会長に会わせろと言ってきているのですが……。あ、こら！　やめなさい！　待ちなさい！』

モニターには、慌《あわ》てふためく警備員と、カメラを覗《のぞ》きこんでいる少年二人の姿があった。

黒髪のツンツン頭と、生意気《なまいき》そうな吊《つ》り目の少年だ。

近年の新人ハンターの中では、特に印象の強い二人である。彼らも先ほどのネテロの挨拶を観客席で見ていたのだろう。冷やかしに来たに違いない。

「通していいぞい」

警備員は意外そうに顔をしかめたが、ネテロ直々《じきじき》に言われてしまえば逆らうこともできない。すぐに二人をこちらに通したようだ。

映像が消え、エレベーターの作動音が聞こえてくる。

ネテロは控室の隅《すみ》に置かれていたゴムボールに目を留《と》め、にやりと笑《え》みを浮かべた。そう言えば、彼らとの出会いもこのボールだった気がする。

「ふむ。また少し遊んでやるとするかの」

ネテロはボールを拾い上げ、念《ネン》をこめて弾性《だんせい》を強化した。エレベーターがこの階に停止する音が、廊下《ろうか》から聞こえてくる。ネテロは、タイミングを見計《みはか》らって部屋のドアを開け、思い切りボールを廊下へと放り投げた。

「うわっ⁉」

ゴンとキルアの驚く声が聞こえてくる。廊下に降りた瞬間、壁や床を高速で跳《は》ね回るボールを目撃すれば、それも無理はないだろう。

が、次の瞬間、驚かされたのはネテロの方であった。

「……よっ、と」

たった数秒のうちにゴンが弾道《だんどう》を見切《みき》り、叩《たた》き落としたボールを、キルアがいとも容易《たやす》く片手でキャッチしたのである。

あのボールには、念《ネン》によってかなりの回転がかかっていたはず。予想した彼らの動体視《どうたいし》力《りょく》とオーラの制御能力を勘案《かんあん》すれば、五分くらいは遊べるかと踏んでいたのだが、まさか一瞬で捉《とら》えられるとは思わなかった。どうやら、彼らを過小評価していたらしい。

彼らの元へ進み出て、ネテロは微笑《ほほえ》む。

「お主《ぬし》ら、腕を上げたのう」

「えへへ」

「ま、レイザーの球よりは楽だよな」

はにかむように笑うゴンとキルア。どうやら二人とも、この短期間で死線《しせん》を潜《くぐ》り抜け、大きくレベルアップを遂《と》げたようだ。

二人の成長を微笑ましく思い、ネテロは「かかか」と髭《ひげ》を撫《な》でつける。

「どうじゃ、部屋で茶でも飲んでいくか？」

「うん。ズシの試合が始まるまでならね」


ゴンたちを、部屋に招き入れようとしたそのときだった。

廊下の奥のエレベーターが、再び左右に開く。

中から現れたのは、フードを目深《まぶか》にかぶった小柄な人物だった。

「五十八、五十七、五十六……」

ぶつぶつとつぶやきながら、フードの人物は一歩一歩、ネテロたちの方へと足を進めてくる。警備員からはどういうわけか、何の連絡もない。

体格からすれば年頃の娘のようだが、その少女には普通の人間とは決定的に違う部分があった。

「この子のオーラ、何か変だ……！」

少女の纏《まと》う漆黒《しっこく》のオーラを感じ、ゴンとキルアが身を強張《こわば》らせた。

そんな二人を気にも留めることなく、少女は彼らの脇を通り、一直線にネテロへと近づいてくる。

「五十三、五十二、五十一……」

まるでフロア全体の空気を澱《よど》ませるような禍々《まがまが》しいオーラが、あの小柄な体躯《たいく》から発せられている。ゴンとキルアも警戒《けいかい》はしているようだが、そのオーラの本質を看破《かんぱ》するには至らなかっただろう。

彼女のオーラの危険性を正しく認識していたのは、ネテロただ一人だった。

――このオーラはヤツの……。いや、ヤツはあのとき、確かにワシの手で……。

そして理解してしまったことが、かえってネテロの判断を鈍《にぶ》らせる原因となったのかもしれない。この少女がただの侵入者であれば――普通の念《ネン》能力者であれば、あと一瞬だけ早く対処できていただろう。

「五十……」

少女はネテロの傍《かたわら》で立ち止まると、ゆっくりと顔を上げた。

フードから覗いているのは、まだ幼さの残るあどけない顔立ち。だがその決意に満ちた瞳の色は、五十年前に葬《ほうむ》ったあの男と同じ、闇の色をしていた。

少女はおもむろに、懐《ふところ》から短刀《たんとう》を取り出す。

「お主《ぬし》……⁉」

ネテロには止める暇すらなかった。

少女は短刀の柄《つか》を両方の手で逆手《さかて》に握ると、それを自《みずか》らの胸へとあてがったのである。

「漆黒の処刑台《オンバサラ》！」

甲高《かんだか》い叫び声と共に、彼女は自分の胸に刃《やいば》を突き刺した。

生温《なまあたた》かい鮮血《せんけつ》が周囲に飛び散り、廊下を赤く染め上げる。

「キ、キミ……⁉」

慌《あわ》てた顔で、ゴンがうずくまる少女に駆け寄った。彼女の手当てをしなければならないと考えたのだろう。

だが、少女を心配するあまり、彼女の身体《からだ》から流れ出ているのが血液だけではないことに、ゴンは気づいていないようだ。

少女が胸を刺した瞬間、彼女を包む黒いオーラが密度をさらに高め、彼女の背中で翼《つばさ》のように広がった。その黒い一翼《いちよく》が、しなる鞭《むち》のようにゴンの死角《しかく》から迫る。

ネテロはとっさに「いかん！」とゴンの腕をつかみ、後方に引っ張ったのだが、その一瞬の隙《すき》が命取りとなった。

「ぐううっ⁉」

The LAST MISSION

黒いオーラの翼は対象を変え、ネテロの腕を絡《から》め取った。

いや、最初からネテロが標的だったのだろう。ネテロがゴンを庇《かば》うことも予想したうえで、少女はまずゴンを狙ったのだ。

「あは……は……捕まえた。わたし、やったよ……お兄ちゃん……！」

口から鮮血を零《こぼ》しつつ、少女は凄惨《せいさん》な笑みを浮かべる。

今や少女の漆黒のオーラはネテロの両手両足までをも拘束《こうそく》し、完全に身動きのできない状態に陥《おちい》らせていた。

ネテロは指一本動かすことも、まして念《ネン》を使うことすらできそうにない。ネテロを縛《しば》っているこのオーラには、対象を完全に行動不能にするような効果があるのだろう。

これだけの能力を発現《はつげん》させるには、通常の念《ネン》における〝制約と誓約《せいやく》〟ではまず不可能だろう。やはりこれは、あの男が絡んでいるということなのか。

「……必ず怨《うら》みを晴らしてね……お兄ちゃん……」

少女は、一言だけそうつぶやき、そのままゆっくりと目を閉じた。

事切《ことき》れたのだろう。それは、何か重圧から解放されたような、安らかな死に顔だった。

しかし彼女の背中から生じるオーラの翼は一向に衰《おとろ》えるそぶりを見せない。それどころかより一層ネテロの身体を強く締《し》め上げ、離さんとしているようだ。

「命を対価《たいか》としてまで、わしを捕らえるとは……」

術者《じゅつしゃ》の死後に残されたオーラは、その術者の怨みが強ければ強いほど強化される。こちらを問答無用で拘束するこの強力なオーラも、その法則を利用したものなのだろう。

もっとも、このオーラの強さの秘密は、それだけではないようだ。

「やはり、ただの念《ネン》ではない。あやつと同じものか」

「よくわかんないけど、助けなきゃ！」

黒翼《こくよく》によって雁字《がんじ》搦《がら》めにされたネテロに、ゴンが駆け寄る。

「触れてはならん！」

ネテロが声を上げると、ゴンはびくっと伸ばそうとしていた手を止めた。

キルアは用心深く、黒いオーラに目を凝《こ》らす。

「どういうことなんだよ、ジーサン。いったい何なんだこれ」

「怨《オン》じゃよ。怨《オン》による〝制約と誓約〟じゃ」

「怨《オン》……？」

二人の少年が、訝《いぶか》しげに首をかしげた。

「こやつは自らの命を絶《た》つことにより、わしの念《ネン》能力を封印《ふういん》しおった」

「それって、ネテロさんの念《ネン》能力が使えないってこと？　どうしようもないの？」

心配そうに見上げるゴンに、ネテロは渋い顔で頷《うなず》く。

「現状ではな。お主たちも迂闊《うかつ》に手を出すなよ。下手《へた》を打てば全員がやられることになる」

「くそっ……。なんでコイツがこんなに近くまで来てることに気づけなかったんだ……⁉」

うずくまる少女の死体に目を落とし、キルアが憎々《にくにく》しげに歯嚙《はが》みをした。

「自分を責めるでない。たとえどんな円《エン》の達人じゃろうと、この娘の接近を察知することはできんかったじゃろう」

「どういう意味だよ？」

「この娘が纏《まと》っていたのは、念《ネン》ではなく怨《オン》だということじゃ。怨《オン》の力で気配を断《た》てば、円《エン》で察知することはできん」

「だからその、怨《オン》って何なんだよ⁉」

憤《いきどお》るキルアを、ネテロは静かに見据《みす》えた。

目の前で起こった不可思議《ふかしぎ》な出来事に、この少年が困惑《こんわく》するのも無理はない。ネテロ自身、それは到底《とうてい》信じられないことだったのだから。

「怨《オン》……それはすべてを怨みに捧《ささ》げるという〝制約と誓約〟により、念《ネン》の枠組《わくぐ》みを超《こ》えようとする禁術《きんじゅつ》。五十年前、わしが闇に葬ったはずだったのじゃがな。あの男と共に」

「あの男って――」

口を開きかけたゴンが、途端《とたん》に身を強張らせ、背後を見た。フロアに再び、強烈な殺気が現れたのだ。

キルアも、緊張の面持《おもも》ちで殺気のある方に目を向ける。

「誰だ、アイツ……!?」

昇降機《エレベーター》の方から歩いてきたのは、二十代なかばくらいの若い男性だった。

鋭い眼差《まなざ》しをした、精悍《せいかん》な美丈夫《びじょうぶ》だ。マントの下から覗く肉体は引き締まっており、無駄な筋肉が一切《いっさい》ない。重心のまるでぶれないその歩みは、それだけで彼が卓越《たくえつ》した武術家《ぶじゅつか》であることを如実《にょじつ》に物語っている。

が、驚くべきなのはそれだけではない。

「なんだ、この気持ちの悪いオーラ……!?」

こちらに歩いてくる男に対し身構えつつ、キルアがつぶやいた。

男の身体から感じられるエネルギーは、念《ネン》とは似て非なる、より薄気味《うすきみ》の悪いもの——それは見るだけでこちらの心臓が握《にぎ》り潰《つぶ》されそうな、強烈なプレッシャーを放っていた。

そして、その禁じられたオーラを使う人物を、ネテロはよく知っている。

「貴様、その姿……蘇《よみがえ》ったとでもいうのか……?」

しかし当のその男は、そんなネテロの視線を軽く受け流し、薄く笑みを浮かべるだけであった。数十年前と、同じ表情《かお》で。

※

The LAST MISSION

ネテロの控室で起こっていた異変のことなどいざ知らず、闘技場《コロッセオ》の観客たちはついに幕を開けたバトルオリンピアに、熱狂の雄叫《おたけ》びを上げていた。

『それでは第一試合、カンジル選手VSズシ選手！』

陽気なアナウンスが会場中に響き渡り、大きな歓声《かんせい》が上がる。

会場から聞こえてくるコールのほとんどは、百戦錬磨《ひゃくせんれんま》の人気プロレスラー、カンジルを応援するものだった。

『体格差は歴然《れきぜん》！　スーパーヘビー級VSモスキート級！　ギャンブルスイッチの投票によれば、倍率《オッズ》はカンジル選手が圧倒的に優勢なようです！　……さあ、いきなり大きな試練を迎えることになったズシ選手、この巨体相手にどう戦うのかー⁉』

完全にアウェーな会場の雰囲気の中、ズシは舞台へ向けて歩き出す。

——大丈夫。やれるっす。

つぶやき、ズシはリングの上へ。

マントに身を包み、フードを目深《まぶか》にかぶった巨体と対峙《たいじ》する。

この男が初戦の相手、カンジルだ。

「暴走レスラー」「非公式試合の帝王《ていおう》」「レフェリー潰《つぶ》し」——事前の下馬評《げばひょう》によれば、さまざまな異名《いみょう》を持つ優勝候補の一角《いっかく》のようだ。

だが、今の自分にはそんなことは関係ない。相手がどれだけ強かろうと、挑戦するのみである。

ズシは、自分よりも何倍も大きなその男に向けて、構えを取った。

『どうやらズシ選手は戦闘《せんとう》準備完了のようです！　さあ、対するカンジル選手は――』

男がフードを外《はず》し、マントを脱ぎ捨てる。

彼が素顔を晒《さら》した瞬間、客席がどよめき始めた。

『おおっと、こ、これはどういうことでしょう⁉』

見事に鍛《きた》え上げられた鋼鉄《はがね》の肉体。血に飢《う》えた野獣のごとき危険な眼差《まなざ》し。

モヒカン頭のその男は、パンフレットに載《の》っていたカンジルとは、まるで似ても似つかない男だった。

『カンジル選手ではない！　マントの中から現れたのは、一体何者なんだあああっ⁉』

本来の闘士《とうし》ではない人間がなぜか舞台上に現れたことで、アナウンス席も動揺《どうよう》しているらしい。

その男は、どこかの民族衣装のような、エスニックな装束《しょうぞく》を身にまとっていた。手首につけられた鉄製の大きな腕輪には凝《こ》った意匠《いしょう》が彫られており、そこらではお目にかかれない一品だということがわかる。

――何者か知らないっすけど、この人、相当《そうとう》できる……！

ズシは、正体不明の闖入者《ちんにゅうしゃ》に相対《あいたい》し、ごくりと生唾《なまつば》を飲みこんだ。

「素人《しろうと》の飛び入りなんてお呼びじゃねえよ！」「カンジルを出せ！」「ひっこめ！」

そんな風《ふう》に騒ぎ立てる客席を見回し、モヒカンの男はつぶやいた。

「これが天空闘技場《てんくうとうぎじょう》……悪くないな」

どことなく楽しそうな、無邪気《むじゃき》な笑《え》みで。


モヒカンの男を客席から見下ろしつつ、ウイングは首をかしげた。

「これは一体、どういうことなんでしょうね」

「なんだか、嫌な予感がするわさ……」

舞台《リング》に現れたあの男は何者なのか。

何をするためにバトルオリンピアに現れたのか。

本物のカンジルはどこに行ってしまったのか。

そして、ズシはどうするつもりなのか――。

ウイングの頭をいくつもの疑問がよぎったが、それらの疑問について頭を悩ませる時間は、ほとんど与えられなかった。

ガシャン、ガシャン、という大きな音が、突如《とつじょ》、立て続けに背後から聞こえてきたのである。

「こ、今度は何です⁉」

「窓や扉が——！」

闘技場《コロッセオ》を囲む円形の壁には、いくつかの窓や階段へ通じる扉が設けられていた。そこに、非常用のシャッターが下りてきたのである。本来、火災などの緊急時にのみ使われるシャッターのはずであったが、それがこのタイミングで閉まるというのはどう考えてもおかしい。

「もしかして、閉じこめられたということですか……⁉」

自分たち以外にも何人かの観客が驚いて立ち上がったようだが、さほどパニックは起こらなかった。いや、起こせなかった、と言った方が正しいかもしれない。

「動くな」

マスクと防弾《ぼうだん》スーツで全身を覆《おお》った男たちが、席を立った観客に銃《じゅう》を突きつけているのだ。

現れたマスクの男たちは十数名ほど。いずれもよく訓練された動きで、コロッセオの客席を見張っている。VIP《ビップ》席の要人《ようじん》たちも、彼らに身柄《みがら》を拘束《こうそく》されてしまったようだ。

「あの連中……警備員というわけではなさそうですね。まさかテロの類《たぐい》でしょうか」

「それだけじゃないわさ。天井のアレも、客を狙ってる」

ビスケが指差《ゆびさ》しているのは、コロッセオの天井から次々と顔を出す小型機関銃《きかんじゅう》だった。

それは、コントロールルームからの遠隔《えんかく》操作で、照準《しょうじゅん》、射撃を行うセキュリティガンである。治安用に取りつけられたはずのそれら無人兵器が、動けば蜂《はち》の巣《す》にするぞとでも言わんばかりに、客席に照準を向けているのだ。

「何者かがこの天空闘技場《てんくうとうぎじょう》のセキュリティを乗っ取り、観客を人質《ひとじち》に取った……?」

「そう考えるのが自然だわさ」

ビスケは周囲のマスク男たちを警戒しつつ、小声でつぶやいた。

「あたしたちだけならアイツらを倒して脱出は可能……。でも動けば間違いなく、観客たちに人死《ひとじ》にが出る……!」

つまるところ、今のウイングたちにはどうすることもできない。

状況を考えれば、観客席を占拠《せんきょ》したこのマスクの兵隊たちと、舞台に現れたモヒカンの男は同じテロリストの仲間だと考えるのが自然だろう。

ウイングは、独《ひと》り敵と対峙《たいじ》するズシの無事を祈らずにはいられなかった。

マスク男たちによって占拠された観客席を睥睨《へいげい》しつつ、モヒカンの男は、深くため息をついた。

「ふう、あっけなかったな……」

これだけ格闘《かくとう》マニアがいれば、少しは抵抗するような者が出てきてもおかしくはなかった。それなら自分も少しは楽しめたかもしれないのに——。男は、観客席の腰抜けっぷりに、拍子抜《ひょうしぬ》けしていたのである。

しかし、誰も彼もがそういうわけでもないらしい。

今目の前にいる少年――確かズシと言ったか――は、燃えるような瞳で男を睨《にら》みつけていたのである。

その挑戦的な視線に、男は笑みで応《こた》えた。

「無抵抗の観客を人質に取るような真似《まね》をして……卑怯《ひきょう》だと思うか？」

「いや、武器でもなんでも使えばいい――」

言うなり少年は、こちらに一歩踏みこみ、身体《からだ》の正中線《せいちゅうせん》を隠した半身《はんみ》の構えを取る。それは、先ほどまでよりさらに攻撃的な構えだった。

「不意《ふい》打ちにとやかく言うようなら、それは武術家《ぶじゅつか》ではない！」

「ほう、言ったな……」

気骨溢《きこつあふ》れるズシの言葉に、男は口の端を歪《ゆが》ませる。

こういう真《ま》っ直《す》ぐな少年は、嫌いではなかった。

「オレの名は餓鬼《がき》。正々堂々、相手をしてやるよ」

※

天空闘技場《てんくうとうぎじょう》二百三十階に位置するのは、建物のシステムを一括《いっかつ》管理するコントロールルームである。

「ふふふ……。すべて計画どおりだな」

今しがた倒した警備員たちには目もくれず、長髪の端正《たんせい》な顔立ちの男が、システムの操作台《コンソール》に向き合っている。

男の名は、修羅《しゅら》。

コンソールに伸ばした十本の指先から糸状のオーラが伸び、それらは機械の隙間《すきま》に入りこんでいる。あらゆる電子機器のセキュリティを無効化し、自由自在に操る能力——〝機械に巣食う棘《マシンイーター》〟である。

「闘技場内の電子制御は既《すで》に掌握《しょうあく》済み……。すべての隔壁《かくへき》を閉鎖した今、蟻《あり》の這《は》い出る隙間もあるまい」

修羅の能力によって、天空闘技場は完全に外界《げかい》とシャットアウトされた。全世界に向けて放映されていたバトルオリンピアのチャンネルも、今やノイズしか映《うつ》らない。今頃、世界中が混乱に陥《おちい》っていることだろう。

モニターを見ながら、修羅は無表情でオーラの糸を操作する。

画面に映し出されていたのは、ネテロの控室前の廊下だ。怨《オン》のオーラで磔《はりつけ》にされたネテロの姿が映っている。

「煉獄《れんごく》は首尾《しゅび》よくネテロを捕《と》らえることに成功したか……」

The LAST MISSION

彼女がネテロを捕らえたということは、すなわち彼女が怨《オン》を使い、命を喪《うしな》ったということだ。修羅は、ネテロの足元で蹲《うずくま》る少女の身体《からだ》を直視することができなかった。

「お前の怨《うら》み、必ずこの手で晴らしてやるからな……！」

妹の死は辛《つら》いことだが、ネテロを捕らえるには、彼女の犠牲《ぎせい》がどうしても必要だった。ハンターたちへの怨みを晴らすため、かねてから覚悟していたことではある。

修羅は感傷《かんしょう》をかなぐり捨てるように、他のモニターへと目を向けた。

「コロッセオの方は、ほぼシャドウハンター共《ども》が掌握《しょうあく》したか。餓鬼《がき》はなにやら子供と遊んでいるようだが……。まあ、あのくらいの戯《たわむ》れは認めてやろう」

モニターの中、コロッセオの舞台上では、モヒカンの男、餓鬼が道着姿《どうぎ》の少年と闘《たたか》っていた。

『これで終わりかぁ⁉ 立てよ坊主《ぼうず》っ！』

修羅がその闘いを「戯れ」と評したことはある意味正しいかもしれない。画面の中の餓鬼は、ただただ一方的に少年を殴《なぐ》りつけていただけだったのだから。

※

「ぐ……はっ……！」

ズシの身体《からだ》が宙を舞い、場外へと吹き飛ばされた。砂埃《すなぼこり》を上げて転がり、壁にぶつかったところでようやく停止する。

「バトルオリンピアの闘士《とうし》っつっても、こんなもんか。弱《よえ》えな……」

ふん、と鼻を鳴らし、餓鬼《がき》が倒れたズシを見下ろす。ズシは気絶してしまったのか、ぴくりとも動かない。

餓鬼のアッパーカットは、ズシの〝練《レン》〟による防御すら貫《つらぬ》くほどの重い一撃《いちげき》だった。あれほどのオーラの使い手は、並みのハンターでもそう多くはいないだろう。

客席のウイングは、血みどろにされた弟子の姿を見て、拳《こぶし》を固く握りしめていた。

「誰か止めてくれ……！　今のズシにあの男の相手はまだ早すぎる……！」

「いや、そうでもないみたいだわさ」

ビスケに言われて見てみれば、餓鬼の鼻から赤い雫《しずく》が一筋《ひとすじ》垂れているのが見えた。アッパーの直撃を受けながらも、ズシは餓鬼の顔面に肘鉄《ひじてつ》を撃《う》ちこんでいたらしい。

餓鬼自身も、流れる鼻血を見て自分の負傷に気がついたようだ。

「む……。前言は撤回する。少しは楽しめそうじゃねえか」

指で血を拭《ぬぐ》いつつ、餓鬼はズシの元へと向かう。とどめを刺そうとしているのだろうか。目の前で展開されようとしているリンチに、客席中が息を呑《の》んだ。

と、そのとき。会場のスピーカーから、男の声が響きわたった。

『聞こえるか。闘技場《とうぎじょう》の観客たち。そして世界中のハンター共《ども》よ』

The LAST MISSION

冷徹《れいてつ》でいて、威圧感《いあつ》のある声色《こわいろ》だった。

『モニターを見るがいい』

舞台上方に設置されたモニターの画面が切り替わり、新たな映像が映し出される。

「あれは……⁉」

そこに映し出された映像を見て絶望を覚えたのは、ウイングだけではないだろう。会場のあちこちから「ウソだろ？」「ありえない」という悲鳴が聞こえてくる。

モニターに映っていたのは、黒いオーラで磔《はりつけ》にされたネテロ会長——伝説の闘士にして最高のハンターが、敵の手に落ちた姿だったのである。

『どうだ。無力なハンター諸君《しょくん》。下手《へた》な動きをすれば、会場の人質《ひとじち》のみならず、ネテロの命もないぞ』

天空闘技場《てんくう》は、今や正体不明のテロリストたちに占拠《せんきょ》され、あのネテロすらも人質になっている。観客たちも、今や自分たちがどんな状況にあるかを悟《さと》り、会場中が意気消沈《いきしょうちん》していた。

「こいつら、ハンターに怨《うら》みでもあるのかしらね？　あのネテロを人質に取ったりしているあたり、本気のようだわさ」

周囲のマスク兵には聞かれないよう、ビスケが小さな声でつぶやいた。

「ええ……。だとすれば、ゴン君たちが心配です」

「まあ、あの二人なら心配ないわさ」

少しだけ微笑《ほほえ》みを見せるビスケだったが、やはりその表情は固い。

「一体こいつら何者なのかしら……？」

※

ネテロの控室前の廊下に設置されたモニターにも、闘技場《コロツセオ》の様子《ようす》が映し出されていた。

餓鬼《がき》が圧倒的な力でズシを蹂躪《じゆうりん》している様子を見せられても、離れたフロアにいるゴンにはどうすることもできなかった。

「勝負はもうとっくについてただろ……！　あそこまですることはなかった……！」

モニターの中のモヒカン男を睨《にら》みつける。

この餓鬼という男もまた、目の前にいる二人——ネテロを封じた少女や、鋭い目つきのマントの男の仲間なのだろう。

ゴンはマントの男に向き直り、叫んだ。

「よくもズシを……！　許せない！」

「許せない……か」

しかし何がおかしいのか、男は鼻を鳴らしただけであった。

「皮肉《ひにく》だな。根底にある想いは我らと同じか。だが——」

男は掌《てのひら》を軽く握りしめ、ゴンを見据《みす》えた。それだけで背筋《せすじ》がぞわりとするような、嫌な圧迫感を感じる。

横にいたキルアも、額《ひたい》に脂汗《あぶらあせ》を浮かべていた。

「気をつけろゴン！　こいつ、なんかヤバい……！」

そんなキルアの忠告がゴンの耳に届くのとほぼ同時に、目の前の男が、大きく右手を振るった。

「……っ⁉」

腕から放たれた激しいオーラが、衝撃波《しょうげきは》のごとくゴンとキルアを襲《おそ》う。二人は突然の攻撃に、身を守るので精一杯だった。

オーラの爆風に晒《さら》され、二人の身体《からだ》は思い切り背後へと吹き飛ばされてしまった。背中から叩《たた》きつけられた強化ガラスでさえも、その衝撃を緩和《かんわ》しきれるものではなく、粉々に砕け散ってしまう。

「うわあああっ⁉」

その勢いのまま、ゴンとキルアは窓から落下。

地上九百メートルからの紐《ひも》なしバンジーだ。眼下の街《まち》が霞《かす》んで見えるほどの高さから落ちたら、ひとたまりもないだろう。

落下の風圧の中、ゴンがどうしたらいいか悩んでいると、隣のキルアが手首を握ってきた。どうやら、何か考えがあるらしい。

「ヨーヨーなら……！」

キルアは空《あ》いた手でポケットからヨーヨーを取り出すと、すぐさまそれを頭上に投擲《とうてき》した。キルアの手を離れたヨーヨーが、勢いよく壁の突起《とっき》に絡《から》みつく。

糸《ストリング》がビイン、と伸びきり、ようやく二人の落下は止まった。

「器用《きよう》なことするなあ」

「へへっ」

キルアの〝周《シュウ》〟によるオーラで強化された糸の強度は、鋼鉄《こうてつ》製のワイヤー以上だろう。子供二人分の体重を支えても、全く切れる気配もない。

「じゃあ、次はオレの番……！」

キルアにつかまれたまま、ゴンは闘技場《とうぎじょう》の外壁《がいへき》に足をつく。

その姿勢のまま、オーラを一気に右拳《こぶし》に集中した。

「……最初はグー！　……ジャンケン――」

〝硬《コウ》〟で強化した拳を、思い切り壁に叩きつける。

「グーッ！」

轟音《ごうおん》と共に、ゴンの拳が外壁を粉砕《ふんさい》した。

爆弾もかくやという威力に感心したのか、キルアが「ヒュウ」と口笛を鳴らす。

二人は糸の反動を利用し、壁に開いた穴から天空《てんくう》闘技場内に滑りこんだ。体勢を整え、難なくリノリウムの床に着地する。

「あー、危なかった……！」

なんとか闘技場内に戻ってくることができた。壁を見れば、『五十階』の表示がある。階数にして、百五十階ほど落下してしまったようだ。

周りを見渡しながら、キルアがつぶやく。

「誰もいないみたいだな」

非常灯のみで薄暗く、あちこち隔壁《かくへき》が下りている。エレベーターも作動していないようだ。建物内がこれだけ物寂しいのは、バトルオリンピア開催時だからかもしれない。

「他の階には人がいないみたいでよかったな。きっと、普段だったら大混乱になってたぜ」

「でも、闘技場《コロッセオ》は大変なことになってるみたいだ」

ゴンの脳裏《のうり》に、否応《いやおう》なく先ほどの凄惨《せいさん》な映像が蘇《よみがえ》る。

敵に試合をぶち壊された挙句《あげく》、リンチまがいの扱いを受けたズシ。そして、謎《なぞ》の能力によって捕らえられたネテロ。みんなを助けなければならない。

キルアも、険《けわ》しい表情を浮かべている。

「なあゴン。怨《オン》って何なんだろうな。あいつらの正体も目的もわかんねーし……。なんつーか、謎だらけだぜ」

「確かにわかんないけど——でも、許せない……！　ズシやネテロさんをあんな目に遭《あ》わせるなんて……！」

階段を見据《みす》え、静かにつぶやく。

闘技場に現れた侵入者たち——彼らの素性《すじょう》は不明だが、とにかく今は、彼らを止めなければならないのだ。

「このままじゃ、バトルオリンピアが中止になっちゃう！　ズシはこの日のために修行を繰り返してきたんだから、ちゃんと試合で戦わないと！」

「ああ、確かにそうだな」

ゴンの言葉に、キルアがにこりと笑顔で頷《うなず》いた。この親友も、同じ気持ちでいるらしい。

「——じゃあ、行こうぜ！」

キルアと二人、ゴンは天空闘技場の階段を駆け上がる。

今はとりあえず、上に戻らなければ。

※

二百四十五階。

とあるフロアマスターの居室《きょしつ》にて、クラピカは驚きの声を上げていた。

「どういうことなんだ、これは……⁉」

謎《なぞ》の侵入者たちが闘技場《とうぎじょう》に容易《たやす》く侵入する光景だった。

壁面《へきめん》のモニターに映し出されていたのは、謎《なぞ》の侵入者たちが闘技場《とうぎじょう》に容易《たやす》く侵入する光景だった。

特殊部隊のようなマスクをつけた男たちが、銃《じゅう》を片手に客席を監視している。

VIP《ビップ》席のネオンも銃を突きつけられ、困惑《こんわく》の表情を浮かべていた。護衛《ごえい》のセンリツやリンセンも、ボスが人質に取られていては動きようがなく、狼狽《うろた》えているようだ。

クラピカは、自分をこの部屋に呼び出した相手に目を向ける。

「ヒソカ。お前、何か知っているのか？　どうして私をここに呼び出した」

「さあ、ボクは何も♣」

奇術師は薄笑いを浮かべ、積み上げたトランプの塔を指先で崩した。

「ここにキミを呼んだのは、話でもしようと思っただけだよ♠　今年の闘士《とうし》たちがあんまりにも不作で、退屈そうだったからさ♦」

淡々と答えるヒソカの顔を、クラピカが睨《にら》みつける。

相変わらず、考えが読めない男だ。用心せねばなるまい。

「でも、会場の方はなんだか盛り上がってきたみたいだね……♥　あのモヒカンの男のオーラ……あれはいい♦　あれが話に聞く怨能力者《オン》ってヤツなら、十分楽しめそうだよ♣」

モニターを見て、ヒソカが舌なめずりをする。

舞台《リング》上では、モヒカンの男が、血まみれの道着《どうぎ》の少年を見下ろしていた。

男が身に纏《まと》うのは、どす黒く、陰湿《いんしつ》なオーラだ。あんなもの、クラピカも見たことがない。

「怨《オン》能力者、だと……？　貴様《きさま》、やはり何か知っているな？」

「そうだねえ……ボクもそこまで詳《くわ》しいわけじゃないが……◆　先週起こったカナン収容所からの集団脱走は知っているかな？」

クラピカも、もちろんその事件のことは知っていた。

ここより遥か北の地にある収容所が何者かに襲撃され、看守はほぼ全滅。収容されていた数百人の者たちが、その機に一斉《いっせい》脱獄した……そんなセンセーショナルな事件だ。

脱走者たちには懸賞金がかけられ、賞金首《ブラックリスト》ハンターたちが血眼《ちまなこ》でその行方《ゆくえ》を追っているが、いまだにそのほとんどが捕まっていないらしい。流星街《りゅうせいがい》あたりに逃れ、潜伏《せんぷく》しているのではないか……というのが大方《おおかた》の見解であった。

「どうも、その収容所を襲った襲撃者というのが、変わったオーラを使う連中だったらしいよ♠　なんでも、五十年前に失われた〝怨《オン》〟とかいう能力にソックリなんだそうだ♣」

「まさか……。この男が収容所襲撃事件の犯人だというのか？」

「ついでに言えば、マスクの兵隊たちは、脱走した収容者たちなのかもね◆　どういう理由かはわからないが……あの怨《オン》能力者たちは、数百人の収容者を味方につけ、ハンター協会に喧嘩《けんか》を売るつもりらしい♥」

「なぜ、収容者たちがそんなテロ行為に加担しているんだ……？　捕まれば極刑は免《まぬが》れないんだぞ？」

「彼ら自身がハンターに深い怨《うら》みでもあるんじゃないの？　あのカナン収容所ってとこ、キナ臭《くさ》い噂《うわさ》がたくさんあるからねえ♣」

何にせよ面白《おもしろ》くなってきた、とヒソカは不気味《ぶきみ》な笑《え》みを浮かべた。

戦闘狂のヒソカならばともかく、クラピカにとっては一切《いっさい》笑える状況ではない。

会場が制圧され、ネオン《ボス》の身柄《みがら》も拘束《こうそく》されてしまうとは、最悪の事態である。ネテロも人質《ひとじち》として捕らえられた今、協会や他のハンターたちも上手《うま》く身動きが取れないだろう。

クラピカは踵《きびす》を返し、廊下へと向かう。

「キミ、彼らと闘《や》る気かい？」

「当然だ。今の私には、ボスを守る義務がある」

「ふうん……♠　でも、闘技場の管理システムは全部乗っ取られちゃってるみたいだけど、どうする気なのかな？」

ヒソカの言うとおり、塔内の電気系統はすべて敵の手に握られているようだ。

ネオンを救出しに行こうにも、敵が素直に昇降機《エレベーター》を使わせてくれるとは思えない。それに、よしんば二百五十一階に戻れたとしても、コロッセオに入れなければ意味がないだろう。

「だったら、まずは管理システムを敵の手から奪い返すまで」

クラピカは言い捨てるようにつぶやくと、ヒソカの部屋を後にした。

「さて、ボクはボクで楽しませてもらおうかな……くっくっく♥」

背後から聞こえてきた忍び笑いには目を向けず、クラピカは階段へと急いだ。

第2章 怨念

天空闘技場《てんくうとうぎじょう》から遠く離れた街《まち》、スワルダニシティ。

街の中心部にビルを構えるハンター協会本部もまた、大変な混乱に陥《おちい》っていた。

「ええ……はい、ですから、我々も調査中でして……、そのお問い合わせにはお答えできないんです」

闘技場《コロッセオ》が何者かに占拠《せんきょ》された様子《ようす》は、テレビ中継で全世界に放映されていた。

会長が捕《と》らわれた映像が流れた直後から、ハンター協会にも問い合わせや抗議の電話が殺到《さっとう》しているのだ。この小一時間、オフィスにはひっきりなしにコール音が鳴り響き、職員たちはてんやわんやでその対応に追われている。十数人のオペレーターと予備の電話回線までフル動員しても、まだ足りないくらいであった。

「ああ、忙しい……！」

ビーンズもまた、非常事態に忙殺《ぼうさつ》されていた職員の一人だった。テレビ局や協賛企業にも事情を説明し、ひたすら頭を下げる。

天空闘技場はハンター協会とは別の組織のはずなのだが、殿堂入り闘士《とうし》であるネテロを始め、闘技場のスタッフや審判の中には協会の関係者も多い。だからこそ、こうして協会に原因究明の期待が寄せられているのだ。実に、厄介《やっかい》なことである。

ともあれ、この状況があと数時間でも続けば、ストレスで胃に穴が空《あ》くのは間違いない。

「いやあ、忙しそうですね。ビーンズさん」

爽《さわ》やかに微笑《ほほえ》みながらオフィスの奥から顔を覗《のぞ》かせたのは、ハンター協会副会長、パリストンだった。多忙を極める他の職員たちとはうって変わって、彼の笑顔には疲労の色がまるで見られない。

それもそのはず、このオフィスの混乱の中、彼は自室でただ優雅にお茶を飲んでいたのだから。

「んもう。忙しいってわかってるなら、パリストンさんもちょっとは手伝ってくださいよ」

「いえいえ、各方面への対処は、ボクなんかよりビーンズさんの方が適任でしょう。それに、ボクが下手《へた》に外交なんかに出ると、また〝十二支《じゅうにし》ん〟の皆さんに睨《にら》まれちゃいますからね。……『まーたお得意の根回しか』って」

ははは、とパリストンは爽やかに微笑んだ。

「そんなわけで、ボクは自室で皆さんの働きぶりを応援させてもらいます。まあ、会長も闘技場《むこう》にいるわけですし……。なんとかなりますよ、きっと」

それだけ言って、パリストンは自室に引っこんでしまった。

The LAST MISSION

この人、周《まわ》りがテンパってるのを見て楽しんでるだけなんじゃないのかなあ……。

そう思うと、疲労が一気に何倍にもなったかのように感じてしまう。

ため息をついていると、電話を受けていた職員の一人が慌《あわ》ててビーンズの名を呼んだ。

「ビーンズさん！　闘技場を占拠した首謀者《しゅぼうしゃ》からの、犯行声明です！」

「ついに来たか……！」

ビーンズは職員からヘッドセット・マイクを受け取り、装着する。

どうやらテロリストたちは、ジャックしたテレビ中継を利用し、直接このハンター協会に犯行声明を伝えてくるつもりらしい。

オフィスのメインモニターに映し出されたのは、茜色《あかねいろ》の空を背にした一人の男の姿だった。場所は、天空闘技場の屋上だろうか。

テロの首謀者にしては若いが、どういうわけか年齢にそぐわぬ風格と威圧感を備えている。それが、画面に映る男の第一印象だった。

男は見下すような表情で、重々しく口を開いた。

『ハンター協会の諸君、久しぶりだな……。我々は〝影《かげ》〟。もっとも、君たちはもはや、その名を覚えていないだろうが』

〝影〟。

その名を聞いても、オフィスの職員たちのほとんどは、首をかしげるばかりだった。

心当たりがあったのは、ビーンズやその他、ごく少数の人間――協会の極秘文書《ブラックレコード》に目を通す機会のあった職員だけだった。

ビーンズは、ごくり、と息を呑《の》む。

〝影〟とは、五十年前まで協会に存在した、凄腕《すごうで》のハンターで構成された実働部隊《じつどうぶたい》である。

主な活動目的は、潜入、暗殺、大量破壊。

上層部からの指令で、表立っては動けない類《たぐい》の任務を遂行《すいこう》する、その名のとおりの闇の部隊であった。人知れず、ハンター協会に敵対する人物や組織を葬《ほうむ》ることのできるこの部隊は、当時の上層部には重宝《ちょうほう》されたと聞く。

「しかし、活動が過激化したためにネテロ会長が一掃《いっそう》し、〝影〟は当時の記録ごと封印されたはず……」

その後一部のハンターが、かつての〝影〟のようなグレーゾーンの任務に手を染めているという噂《うわさ》が、あるにはある。しかし〝影〟自体は、ハンター協会の歴史の表舞台から完全に姿を消したはずだった。

ビーンズは、モニターごしに、〝影〟を名乗る男に目を向ける。

「要求は、何ですか……?」

『言うまでもない。ハンター協会が秘匿《ひとく》している、極秘文書《ブラックレコード》の公表だ』

「……………!?」

ビーンズは、思わず息を呑んだ。

極秘文書《ブラックレコード》の存在を知っているということは、この男は本当に〝影〟なのだろうか。

いや、そんなことはありえない。〝影〟は五十年前にすべて始末されたはずだし、たとえ生き残りがいるとしても、もう老人である。少なくともこの若者自身は、〝影〟とは無関係のはず――。

『協会の裏切りと、我々の尊厳《そんげん》を世に知らしめるため、即座に極秘文書《ブラックレコード》の開示《かいじ》を要求する』

なのにどうして、この男はこれほどまでに憎々《にくにく》しげに、ハンター協会に対して敵意を向けているのだろうか。これではまるで、〝影〟そのものではないか。

「あ、あなたは一体、何者なんですか……？」

『だから言っただろう、〝影〟だと……』

画面の男は、ビーンズの問いに一瞬口角《こうかく》を吊《つ》り上げただけで、それ以上何も答えようとはしなかった。

『公表のタイムリミットは明朝五時……あと十時間後だ。それまで私はここにいる。ネテロと一緒にな』

男が、自分の背後に目をやった。

そこには、黒い靄《もや》のようなもので身体《からだ》を拘束《こうそく》され、宙に磔《はりつけ》にされたネテロの姿があった。

自力では動けないのか、苦しげに呼吸を乱している。

そこで映像が途切《とぎ》れ、モニターはオフラインへと切り替わった。

「くっ……会長……！」

ビーンズは舌打ちしつつ、ヘッドセットを投げ捨てる。

とにかく、今は慌てても仕方がない。会長やバトルオリンピアの観客を救うために、自分にできることをしなければならない。

憔悴《しょうすい》しつつもビーンズは上着を羽織《はお》り、デスクから立ち上がった。

極秘文書《ブラックレコード》の開示などという重要案件ならば、自分の一存では決めることはできない。

近代五大陸《V5》政府との協議が必要だ。

「この緊急事態に申《もう》し訳《わけ》ないのですが、出かけなければいけなくなりました」

狼狽《うろた》える部下たちに対応を指示し、ビーンズは足早にオフィスの外へ。

副会長室のパリストンだけが笑顔でこちらに手を振っていたが、とりあえず今は無視することにする。悪態《あくたい》をつく時間も惜しいのだ。

※

ゴンとキルアは、無人の階段を一段飛ばしに駆け上がる。

十分強の全力疾走《しっそう》だったが、二人の足音に一切《いっさい》の乱れはない。かん、かん、かんと軽快なリズムを刻《きざ》み、上へ上へと登っていく。

「九十八階か」

フロア表示の看板を見て、キルアがつぶやいた。

最上階のコロッセオまではまだ百階以上あるが、心身ともにゴンに疲れはなかった。所《しょ》詮《せん》は終《ゴ》わ《ー》り《ル》の見えているマラソン、ハンター試験の一次の方がまだきつかったくらいだ。

「でも、こっからはそう簡単には行かせてくれないみたいだ……！」

周囲に気配を感じ、キルアと二人、足を止めた。

見上げると、九十九階へと通じる階段の踊り場に、マスクの兵士たちの一群《いちぐん》がこちらを待ち構えているのが見えた。

数にして、三、四十名ほどだろうか。

そして、ゴンたちの背後からも同じくらいの人数が駆け上がってくる。

「挟《はさ》み撃《う》ちかよ……面倒《めんどう》くせえ連中だな」

マスクの兵隊たちは、腕にドリルやチェーンソーやらの物騒《ぶっそう》な武器を装着していた。闘《とう》技場《ぎじょう》で人質を取っているテロリスト連中の仲間に違いない。

「蹴散《けち》らすぞ、ゴン！」

ヨーヨーを構えたキルアと頷《うなず》き合い、ゴンは敵の只中《ただなか》へと飛びこんでいく。

「でえいっ！」

先頭のマスク兵の顔面に向けて、思い切り飛《と》び蹴《げ》りを放った。

突然飛びかかってきたゴンに反応できなかったのか、マスク兵はゴンの靴底をもろに食らい、後ろの二、三人を巻きこんで倒れた。

「行ける！　こいつら、数は多いけど全然強くない……！」

着地したゴンに、横合いからチェーンソーの刃《やいば》が襲った。

だが、所詮は大振りで速度の遅い斬撃《ざんげき》だ。ゴンの運動神経ならば、それを見切るのは余裕である。

ゴンは、片手で刃をいなしてやろうと身構えたのだが、

「気をつけろゴン！　こいつらの武器に触れたらヤバイぞ！」

キルアの声に反射的に反応し、ゴンは身をのけぞらせて刃を躱《かわ》した。

チェーンソーはそのまま大きく空振《からぶ》りし、近くにいた他のマスク兵の身体《からだ》を切り裂く。

刃は防弾ベストの繊維を貫通し、赤い血を周囲に飛び散らせた。その瞬間、刃が触れた部分が白い煙を上げて、ぐずぐずと急速に腐食《ふしょく》していく。

「これって――!?」

驚くべきことに、どうやら彼らの持つ刃物は、アーマーだろうが人体だろうが、触れたものを何でも腐食させてしまうらしい。

変化系の能力なのだろうか。とにかく、刃に触れるのは危険すぎる。

「でも、これだけ数が多いと……！」

四方八方から繰り出される斬撃や刺突《しとつ》を、ただただ回避し続けるだけで精一杯である。ゴンのリーチが短いこともあり、接近戦《クロスレンジ》で反撃するのは至難《しなん》の業《わざ》だ。

一方キルアは、ヨーヨーを巧《たく》みに利用して周囲のマスク兵をなぎ倒していく。

「へへっ」

重さ約五十キロの特殊合金製のヨーヨーは、投擲《とうてき》すれば大人ですら容易に吹き飛ぶ破壊力を有している。ヨーヨーは、キルアの周囲で弧《こ》を描くように飛びまわり、敵を一切寄せつけない。

余裕の表情でマスク兵を仕留《しと》めていくキルアを横目に、ゴンは必死で逃げ回りつつ、反撃の糸口を探していた。

「くっそー、オレも武器とかあればなあ……！」

※

同刻、天空闘技場《てんくうとうぎじょう》の屋上。

すっかり陽も落ちた今、地上九百九十一メートルの空気は、突き刺さるような冷たさであった。

だが、磔《はりつけ》にされたままのネテロは、暖《だん》を取るどころか、指一本動かすこともできそうにない。

「もっと老人をいたわってくれんもんかの……」

「ふん。老人だと？　世界最高のハンターが何を言う」

目の前の男――若き日の旧友と同じ顔の男は、ネテロの泣き言を鼻で一蹴《いっしゅう》した。

「わしが世界最高のハンターなどと呼ばれていたのは、もう随分昔の話じゃよ。在《あ》りし日の栄光というヤツじゃ」

「在りし日、か」

男は、遠い目で夜空を見つめた。

「かつては我々も、そのハンターという血塗られた職業を、誇りに思っていたことがある。忌々《いまいま》しいことにな」

「血塗られた職業……じゃと？」

「そのとおりだ。人々の尊敬と羨望《せんぼう》を集めるハンターという連中が、歴史の裏側でいかに野蛮《やばん》な行為を繰り返してきたか……。貴様も知らんわけではあるまい」

強い怨《うら》みをこめた眼差《まなざ》しで、男がネテロを睨《にら》みつける。

それは、すべてのハンターに対する憎しみを、ネテロを通じてぶつけるような、呪いの眼差しであった。

そのとき、階下に通じる鉄扉《てっぴ》が、音を立てて開いた。

「……おい、放せ！　なんなんだ！」

入ってきた人物は二人。

派手なスーツを着た髭面《ひげづら》の男と、その背後で銃を突きつけているマスクの兵士だ。

あの中年男はネテロも見覚えがある。

小国の首長《しゅちょう》で、ガルシアという男だ。ハンター協会にも影響力がある人物だが、金品《きんぴん》と権威には目がない凡夫《ぼんぷ》だという。バトルオリンピアの観戦に来ていたとは知らなかった。

ガルシアはマントの男の前で跪《ひざまず》くと、愛想《あいそ》笑いを浮かべ始めた。

「た、助けてくれよ。金ならいくらでもやるから……！」

「助けを乞《こ》うなら、ハンター協会の会長にでもすがってみるんだな」

そっけなく手で払われ、ガルシアはよたよたとネテロの方へ歩み寄ってきた。

「か、会長。お願いしますよ。あの男に、私を助けるように計《はか》らって――」

ガルシアが、ネテロの足元――蹲《うずくま》る少女の死体のすぐそばに近づいた瞬間、

「ぐうああああっ⁉」

少女の黒い翼のオーラがガルシアの脇《わき》の下に絡《から》みつき、その身体《からだ》ごと締め上げたのである。

「は、放せええっ！」

ガルシアは宙に持ち上げられ、なすすべもなく手足をばたつかせている。

「なるほど……わしに触れようとする者は、自動で攻撃する仕組みか……」

足元の少女の死体に目をやり、ネテロは頭を振った。

捕らえた人間を無力化するだけでなく、それを助けようとする第三者をも攻撃するとは、厄介《やっかい》極まりない能力である。通常の念《ネン》では、たとえ自《みずか》らの命を〝制約と誓約《せいやく》〟の代償にしても、ここまでの効果を引き出すことはできないだろう。

これこそが怨《オン》の真骨頂《しんこっちょう》。怨《オン》とはすなわち、怨《うら》みによる究極の〝制約と誓約〟なのだ。

怨《オン》は、オーラの潜在能力《ポテンシャル》を何倍にもして引き出し、念《ネン》ではできないことまで可能にする。だが、強力ゆえに、その対価も大きい。一度怨みに身を任せた人間は、正常な精神状態に戻ることは不可能なのだ。

だからこそネテロは、深い怨みを持ちながら死んでいったこの少女に同情するのだ。

「死してなお怨《オン》の力に操られ動いとるとは、哀《あわ》れなものよの……」

少女は自らの胸を刺した姿勢で蹲《うずくま》ったまま、微動《びどう》だにしない。

ただただ深い怨みを抱《いだ》いたまま、ネテロを捕らえるための装置として死んでいったのだ。

この娘の魂が救われることは、未来永劫《えいごう》ないのかもしれない。

「む……?」

ネテロは、そのときふと、少女の首筋にミミズ腫《ば》れのような跡《あと》があるのに気づいた。

いや、よく見ればそれは、入《い》れ墨《ずみ》のようにも見える。

どうやらガルシアも、同時にそれに気づいたらしい。

「あれは、イムニ族の……？」

「そう……そいつは、イムニ族。貴様《きさま》の命令を受けたハンターによって捕らえられ、収容所送りにされた連中の、生き残りだ」

マントの男は、心底汚いものを見る目つきでネテロを睨《にら》みつけた。

だが、ネテロにはそんな命令を下した記憶などない。

「そんなはずはない。〝影《かげ》〟なき今、その手のことはやらせとらんはずじゃ」

「……ネテロよ。ハンターは、かつての貴様ら清凛隊《せいりんたい》のようなヒーローばかりではない。そもそもが業《ごう》の深い連中……。ひとたびハンターが獲物《えもの》に魅力を感じれば、ハントの欲を抑《おさ》えることはできないのだ」

「バカな──！」

私欲《しよく》にかられ、禁を犯したハンターがいる──。この男は、現在もなおハンター協会に暗部《あんぶ》が存在していると仄《ほの》めかしているのだ。

「なあ、そうだろう。ガルシア」

男は、黒い翼のオーラに締め上げられた小男を見やった。

「そ、そうだ……。私だ……！　私が指示《しじ》を出したんだ！」

首を絞められながら、ガルシアは息も絶え絶《たただ》えに白状を始める。

「危険分子《ぶんし》たるイムニ族は、すべて秘密裏《ひみつり》に処理しろと……。そ、その能力のあるハンターたちに……！」

「それだけではないだろう。ロカ共和国大統領の暗殺、ゲルカ国王の暗殺、民主主義運動の指導者ソギの暗殺……」

男は冷たい目で、口から泡を吹くガルシアを睨みつけた。

「そういった蛮行《ばんこう》はすべて、極秘文書《ブラックレコード》に証拠が残されている。もちろん、この男のやったことだけではなく、五十年前、各国の命令で〝影〟が行ってきたことのすべても、な」

「や、やめ……助け……！」

「死をもって詫《わ》びろ。悪徳政治家《ドブネズミ》めが」

「ぎゃああああああああああっ⁉」

黒翼《こくよく》がさらにきつくガルシアの首を締めつける。ごきり、と首の骨が折れる鈍い音がして、ガルシアは動かなくなった。そこでようやくオーラの翼から解放され、どさり、と落下する。

許すべからざる行いをした人間とはいえ、それでも惨《むご》い死に方である。

「怨みの力……か……」

物言わぬガルシアの身体に目を落とし、ネテロは静かにつぶやいた。

※

「一体どういうことだ！」

「極秘文書《ブラックレコード》は五十年前に、〝影《かげ》〟の存在と共に完全に封印《ふういん》したんじゃなかったのか⁉」

「まさか、事件の首謀者《しゅぼうしゃ》が当時の関係者ということは……？」

「あのときネテロが始末した〝影〟の隊長……。事件の首謀者の青年は、その子孫か何かなのではないのかね？」

「いや、今はそんなことより。極秘文書《ブラックレコード》を開示《かいじ》すべきか否《いな》かの話をだな」

「あれが公表されれば、国益に関わるという国もありますしねえ」

「いや、それどころか国家の存亡――新たな世界戦争が勃発《ぼっぱつ》するというおそれもある……！」

「まったく、ハンター協会は何をしているんだ！」

もう何度目になるかわからない怒声《どせい》を浴びせられて、ビーンズは肩をすくめるしかなかった。

天空闘技場占拠《てんくうとうぎじょうせんきょ》事件に対する各国の重鎮《じゅうちん》たちの意見を集約《しゅうやく》すれば、大体同じようなものになる。つまりは、『極秘文書《ブラックレコード》など開示できるわけがない。事態はハンター協会が責任を持って解決すべき』というわけだ。

The LAST MISSION

どの国からも、人質《ひとじち》の観客やネテロ会長を救出しようという意見は出なかった。自国の利益が大事なのはもっともだが、これまでネテロ会長やハンター協会がどれだけ世界のために尽くしてきたか、少しは考えてほしい——。ビーンズは、そう言いたいのを堪《こら》えて、結論のわかりきった議論に耳を傾けている。

「………」

これが音声《サウンドオンリー》のみの通話会議でよかった。もし対面での会議だったら、きっと自分の不機嫌な表情を各国代表に晒《さら》すことになっていただろう。

と、そんなとき、ビーンズの手元のパソコン画面に、メールの着信を知らせる通知が点灯した。協会から、とある調査結果が届いたのである。

「あの、少しよろしいでしょうか」

「なんだね、ビーンズ君」

ビーンズはマイクに向かい、たった今届いた調査結果を読み上げる。

「首謀者のあの男に関する記録を調べさせていたのですが、世界中のデータバンクを調べても、一切該当《いっさいがいとう》するものはありませんでした」

「なんだと……?」

代表たちが、ざわざわと疑問の声を上げた。

「容貌《ようぼう》からして、五十年前に死亡したジェドの血縁の可能性が高いと推測、調査しましたが、ジェドに血縁者がいたというデータは一切ありません」

ビーンズの言葉に、ある国の首脳が唸《うな》った。

「それじゃ、アイツは一体誰なんだ⁉　存在するはずのない人間だとでもいうのか……⁉」

※

無言のマスク兵たちが数人、きょろきょろと用心深く見回しながら廊下を歩いてくる。

ゴンとキルアは物陰《ものかげ》に隠れて、彼らが通り過ぎるのをじっと待っていた。

「…………」

触れたモノを腐食《ふしょく》させるという凶悪な武器を持つ敵を相手に、まともに正面からやり合うのは得策《とくさく》ではない。ゴンにはどうしようもないし、キルアのヨーヨーだけでは、いくらなんでも多勢《たぜい》に無勢《ぶぜい》である。だからこうして二人は、敵から隠れたり逃げたりしつつ、何とか二百階まで登ってきたというわけである。

〝絶《ゼツ》〟で気配を消しているこちらには気がつかなかったのか、マスク兵士たちはそのまま廊下の先へと通り過ぎていったようだ。

「……行ったみたい」

「だな」

二人は頷《うなず》き合い、ふう、と一息つく。

そのときゴンは、いましがた自分たちが隠れていた薄い板が何かの看板であることに気がついた。

「『天空闘技場《てんくうとうぎじょう》武器ショップ。品揃《しなぞろ》えに自信アリ！』……。へえ。こんなところにお店があるんだ」

「闘技場の二百階以上はあらゆる武器の使用が認められてるからな。試合で手持ちの武器がいつ壊れるかわからないし、結構《けっこう》利用するヤツもいるんじゃねーの」

ここになら、あのマスク男たちへの対抗策もあるかもしれない。

同じことをキルアも考えたのか、キルアは店のシャッターをガシャガシャと持ち上げようとしていた。

が、どうもセキュリティが働いているのか、シャッターは持ち上がらない。

「ここもオートロックか……」

シャッターの横にロック操作の認証機器《にんしょうきき》を見つけたキルアは、指先にオーラを集中する。

キルアの手の中で、電流による火花がバチッと弾《はじ》けた。

「なら、こいつで回路を焼き切れば、開くかも——」

しかしキルアがそうつぶやくよりも一瞬早く、彼のすぐ隣では轟音《ごうおん》が鳴り響いていた。

ゴンの右拳《グー》が、シャッターを打っていたのだ。金属製のシャッターは見事に砕《くだ》け散《ち》り、人一人が通るには十分な穴が空《あ》いた。

満足げに「よし」と頷くゴンに、キルアは肩をすくめてみせる。

「お前って、そういうとこあるよな……」

小さめのスーパーマーケットほどの広さの店内には、さまざまな武器が所狭しと陳列されていた。斧《おの》に刀剣《とうけん》、鞭《むち》に銃器《じゅうき》。爆弾の類《たぐい》や、人間には持ち上げられそうもない巨大な鈍器などもある。

「おお、すっげー品揃えだなあ」

天空闘技場だけあって、古今東西《ここんとうざい》のあらゆる武器が備えられているのだろう。

ゴンはその中で、一際《ひときわ》目についた武器を手に取った。

「キルア、いいもの見つけたよ!」

「お前、それ……」

ゴンが手にしていたのは、長柄《ながえ》にリールと釣り針《つばり》がついた武器――。

いや、武器と言うよりもそれは、どう見てもただの釣竿《つりざお》だった。

「なんでそんなもんまで売ってんだよ!?」

「んー。やっぱホラ、オレが前、試合に使ったからじゃない?」

「つっても、釣竿を武器に使うヤツなんて、お前くらいなもんだと思うけど……。品揃えに自信アリって、看板に偽《いつわ》りなしだな」

キルアが感心したように頷いていると、店の外から大人数《おおにんずう》の足音が聞こえてきた。

マスクの兵隊たちだろう。ゴンがシャッターを破壊した音を聞きつけて、店に集まってきたのだ。

男たちの一人がシャッターの穴を潜《くぐ》り抜け、ゴンたちに向けてボウガンを構えた。今度の連中は、飛び道具を得物《えもの》にしているらしい。あの矢にも腐食の効果があるとしたら、少し面倒《めんどう》だ。

「さっそくコイツの出番みたい」

ゴンは、手にした釣竿を大きく振りかぶった。

「――そりゃあああっ！」

釣り針が勢いよく前方へと飛んで行き、店の床板《ゆかいた》のタイルの継《つ》ぎ目《め》に引っかかる。そこでゴンが思い切り竿を引くと、床からタイルがめくれ上がった。

「おお！」

タイルの盾《たて》がボウガンの矢を防ぐのを見て、キルアが歓声を上げる。

「懐《なつ》いなー、それ」

言いつつキルアは、矢を再装塡《そうてん》しようとするマスク兵を、ヨーヨーで打ち倒した。

武器を手にした二人を見て、兵隊たちはあからさまに狼狽《うろた》えている。

これなら、突破も難しくはないだろう。

ゴンとキルアは視線を交《かわ》し合い、敵の群れに対して身構えるのだった。

※

コントロールルームでは、修羅《しゅら》がモニターを眺めながら舌打ちをしていた。

「何者だ、こいつら……」

〝機械に巣食う棘《マシンイーター》〟によって、天空闘技場《てんくうとうぎじょう》のセキュリティを掌握《しょうあく》した修羅は、監視カメラを通じて、場内の人間の動きを逐一捕捉《ちくいちほそく》していた。

二人の少年が五十階の外壁を破壊して場内に侵入したのは、つい数十分前くらいのことだった。修羅は、侵入者を始末するために追手《おって》の兵隊《シャドウハンター》たちを差し向けたのだが、彼らは次々と包囲網《もう》を突破し、現在では二百階フロアにまで到達している。

ただの子供ではない。おそらくは、あれも憎むべきハンターなのだろう。

「それに、気になる動きがもう二つ……」

修羅は、モニターの別画面に目を向けた。

二百四十五階でシャドウハンターたちと交戦しているのは、VIP《ビップ》のお抱えハンターらしきスーツ姿の青年だった。鎖を自在に操って戦っているところを見ると、操作系、あるいは具《ぐ》現化《げんか》系の能力者なのだろう。こちらもかなり闘《たたか》い慣れしているようで、俊敏《しゅんびん》な動きで次々と兵隊たちを昏倒《こんとう》させている。

もう一人は、不気味《ぶきみ》な雰囲気をまとった念《ネン》能力者だ。

トランプを巧みに武器として戦うこの男には、シャドウハンターたちが束になってもまるで歯が立たない。殺戮《さつりく》を楽しむかのように、無軌道《むきどう》に兵隊たちを殺しまわっている。

戦闘能力だけで言えばこの男が一番厄介《やっかい》だが、行動に一定の目的が見られないという点では、捨て置いても構わないだろう。計画の脅威《きょうい》になるとは思えない。

「……残念ながら、お前たちはここにたどり着くことはできない」

修羅は、指先から伸ばした怨《オン》の糸に、さらにオーラをこめた。

邪魔者《じゃまもの》を、速《すみ》やかに排除するために。

※

何度目かのマスク男たちとの交戦を終え、クラピカは独《ひと》り通路を走っていた。

敵に待ち伏せされることが多いのは、こちらの姿をコントロールルームから捕捉《ほそく》し、指示を出している者がいるためだろう。

「ともかく、早くセキュリティを奪還《だっかん》しなければ……」

目指すは、二百三十階のコントロールルームだ。セキュリティさえ取り戻せば、人質《ひとじち》奪還のチャンスは巡《めぐ》ってくるだろう。

と、そのとき。クラピカは背後に異常な気配を察知し、足を止めた。

「うう……ああ……」

身体《からだ》をふらつかせながら、十名ほどの人間が幽鬼《ゆうき》のような足取りで近づいてきたのである。

「何者だ……？　テロリストの仲間には見えんが……」

彼らの血走った瞳はクラピカを見据《みす》えているが、一様《いちよう》に精気というものが感じられない。まるで幻覚剤を過剰投与《かじょうとうよ》されているかのようであったが、その身に纏《まと》うオーラの量は、さきほどまでのマスク兵たちの比ではなかった。

「そうか、こいつら、バトルオリンピアの……!?」

亡者《もうじゃ》のようにこちらににじり寄ってくる男たちの顔ぶれは、パンフレットに載《の》っていた闘士《フロアマスター》たちである。操作系の能力で操られているのだろうか、彼らはクラピカを標的にしているようだ。

「まずいな……」

クラピカの目の前に、操られた闘士《とうし》たちが迫る。

※

苦境《くきょう》に陥《おちい》っていたのはクラピカだけではなく、ゴンとキルアも同様《どうよう》であった。

武器ショップでマスク兵を片づけたのも束《つか》の間《ま》、二人を襲ってきたのは、さきほどパンフで見た覚えのある男だった。

「オレは勝てる。オレは勝てる。オレは勝てる。オレは勝てる……」

目の前に立ちはだかった巨漢《きょかん》が、焦点の合わない視線を宙に彷徨《さまよ》わせ、何やらブツブツとつぶやいている。

確かこの男、ズシの対戦相手として予定されていた、プロレスラーの〝カンジル〟だ。様子《ようす》が尋常じゃないところを見ると、敵の手に落ち、操作されてしまったのだろうか。

「オレは勝てる……勝てる……勝てる……！」

カンジルはゴンを睨《にら》みつけると、大きく口を開け、息を吸いこんだ。

「ゴン、離れろ！」

キルアが叫んだ次の瞬間、カンジルの口からゼリー状の液体が吐き出された。液体は空中で凝固《ぎょうこ》して数本の槍《やり》へと変わり、ゴンとキルアに飛来《ひらい》する。

「遅い！」

だが、二人の身体能力からすれば、それを避《よ》けることはそう難しいことではなかった。最小限のステップで槍を躱《かわ》す。ゴンには、止まって見えたくらいだ。

「な、なに!?　避けた……？」

突如《とつじょ》カンジルは頭を抱え、うろたえはじめる。必殺の攻撃が避けられたにしても、オーバー過ぎる狼狽《ろうばい》ぶりであった。

「オ、オレの攻撃を避けた……？　オレは勝てない……？　勝てない……!?」

「どうしたんだコイツ……？」

ぶるぶると身を震わせるカンジルの姿に、キルアも警戒心を抱《いだ》いたようだ。

この男、普通じゃない。

「――うがああああああああああああっ！」

カンジルが突然、激しい咆哮《ほうこう》を上げる。周囲の空気がビリビリと震えているが、それは大声だけが原因ではなかった。彼を包むオーラが、爆発的に増加したのである。

その黒くベタつくような薄気味《うすきみ》悪いオーラは、通常の念《ネン》能力者のものではなかった。

「な、何なんだ⁉」

「これって、さっきの怨《オン》ってやつじゃゃ――」

あのマントの男や黒翼《こくよく》の少女と同じ、怨《オン》のオーラだ。

ネテロが五十年前に葬《ほうむ》ったと言っていた怨《オン》を、なぜこの闘士《とうし》まで使うことができるのか。

「オレは、フロアマスターの頂点に立つんだああああああああああああっ！」

叫びと共に、カンジルのオーラが爆発する。

その爆発力たるや、念《ネン》のガードを身に纏《まと》っていたはずのゴンとキルアを、後方に吹き飛ばすほどの威力であった。

「うわああっ⁉」

ゴンは数メートルほど転がったところで、何かに頭をぶつける。

とっさに立ち上がろうとしたゴンは、自分がぶつかったモノの正体を見て、思わず息を呑《の》んだ。

「ううう……」

それは、カンジルと同じ、血走った眼をした男だった。

一人ではない。十人ほどの恐ろしげな形相《ぎようそう》の男たちが、倒れたゴンを見下ろしていたのである。

「くそっ……いつの間にか囲まれてやがった……！」

周りを見渡しながら毒づくキルア。

二人を取り囲んでいたのは、黒い怨《オン》のオーラを纏《まと》った異形《いぎよう》の男たち――。バトルオリンピアに出場予定の、闘士《フロアマスター》たちであった。

※

ウイングとビスケは客席を離れ、闘技場《コロッセオ》中央の舞台《リング》に降りていた。

戦闘不能になったズシを血まみれのまま放っておけず、手当てを願い出たのである。

幸い、餓鬼《がき》は「ハンターでないのなら、殺す意味はない」と言っただけで、ズシの手当てを咎《とが》める様子《ようす》はなかった。人質《ひとじち》がおとなしくしている限り、命までは取るつもりもないのだろう。

「これでよし、と」

キズを消毒して包帯を巻き終え、ウイングはふう、と息をついた。ズシの身体《からだ》はあちこち出血していたものの、骨折に類《るい》するような大きな怪我《けが》はなかった。これも、日ごろの鍛《たん》錬《れん》の賜物《たまもの》なのかもしれない。

「──ああ⁉　誰か戦ってるヤツがいるだとォ？」

リングの中央では、餓鬼が通信機を片手に会話をしていた。通話相手は、コントロールルームにいる仲間なのだろう。

電話の内容を盗み聞く限り、どうやら予想外の事態が起きているようだが、この男はなぜか興奮気味《ぎみ》に笑《え》みを浮かべていた。

通話を終えた餓鬼に、ビスケが「ねえ」と声をかける。

「あんたが使ってた武術《ぶじゅつ》、昔見た覚えがあるわさ」

「……なに？」

「……もしかしてアンタ、イムニ族？」

イムニ族、という単語に反応したのか、餓鬼は一瞬眉《まゆ》をぴくりと上げる。それからじっとビスケを見下ろし、複雑な表情で口を開いた。

「そのとおりだ。……しかしまさかテメエみてえな子供の口から、イムニ族の名前を聞くことになるとは思わなかったがな」

「いや、見た目ほど若くは……」

口を滑《すべ》らせてしまった後で、ウイングは後悔《こうかい》した。ビスケにものすごい形相《ぎょうそう》で睨《にら》まれてしまったのである。

ビスケは気を取り直して、話を続ける。

「イムニ族は、アイジエン大陸北部の少数民族……。他の民族との合同国家を営《いとな》んでたんだっけね。確か……ガルシアとかいう男が国のトップで」

「ああ。……高度な技術こそなかったが、のどかな自然に囲まれた、いい国だったよ」

遠い過去を懐《なつ》かしむかのように、餓鬼は目を閉じた。

「イムニ族ってのは、その体質において、他の民族とは明らかに異なる特徴があった」

「……免疫力《めんえき》、ですね」

ウイングの言葉に、餓鬼が頷《うなず》く。

「そうだ。イムニ族の白血球は、ありとあらゆる病原菌を駆逐《くちく》する特殊なものだ。そのため病死するものはおらず、寿命が非常に長い」

暗い表情で、餓鬼は続ける。

「だが、そのことを気味悪がった他の民族からは、良からぬ噂《うわさ》を立てられ迫害《はくがい》された。『イムニ族には魔獣《まじゅう》の血が流れている』とかな。……山奥でひっそり暮らす中、迫害に対抗するために磨き上げられたのがあの武術なのだ」

「でも結局、イムニ族は滅んだわさ。世界最高の長寿民族だったはずなのに……」

「確か、イムニ族は迫害に耐え切れず、反乱戦争を起こしたんですよね。でも結局すぐに政府に鎮圧《ちんあつ》されて、ほとんどは収容所送りになったとか……」

イムニ族の顛末《てんまつ》は、ハンターの情報サイトでは有名な話だ。

とすれば、イムニ族を名乗るこの男も、かつて反乱分子《ぶんし》として収容所送りになった男ということだろうか。

「違う……！　それは表向きの話だ！」

餓鬼は凶悪《きょうあく》な形相で、怒りをあらわにする。

「反乱はすべて仕組《しく》まれたものだった……！　オレたちの武力や繁殖力を恐れた政府が、わざと反乱を起こさせたんだ……！」

「え……!?」

「晴れて凶悪犯罪者となったオレたちの元には、賞金首《ブラックリスト》ハンターやら犯罪《クライム》ハンターやらがわんさと押し寄せてきた！　ろくに抵抗もできないまま、イムニ族は収容所にぶちこまれたんだ！」

餓鬼は、ぎりり、と奥歯を嚙《か》みしめている。どうやら彼に、嘘《うそ》を言っている様子はない。

「そんな……!?　それじゃあ、政府とハンター協会がイムニ族を滅ぼしたようなものじゃないですか……！」

「ああ、そのとおり。悪いのは政治家《ガルシア》と協会の連中だよ……！」

餓鬼が、憎々しげに拳《こぶし》を握りしめた。

「でも、それだけじゃねえ……！　イムニ族の免疫力に目をつけた政府の上層部はな、捕《と》らえたイムニ族を材料に、人体実験を始めやがったんだ……！　金になりそうだって理由だけでな……！」

「なんてことを……」

話を聞くビスケの表情にも、暗い影が落ちた。

「オレは運よく逃げ延びたが、捕まった仲間たちの多くは、生きたまま臓器をえぐられ、身体を切り刻まれた。強力な人工ウイルスの苗床《なえどこ》にされて、全身がドロドロに溶けちまったヤツもいるらしい……！」

餓鬼の言葉に、ウイングとビスケは何も返すことができなかった。

悲惨な運命をたどった彼らイムニ族の怒りと怨《うら》みは、言葉でどうにかできるようなものではなかったからである。

「オレたちは復讐《ふくしゅう》を果たす……。あの方に授《さず》かった、この怨《オン》の力で……！」

餓鬼の右手に、黒いオーラが生み出される。

それは彼の怨みを体現《たいげん》するかのような炎となり、掌《てのひら》の上で燃え盛るのだった。

※

横たわるガルシアと、黒翼《こくよく》の少女。

「…………」

屋上を包む二人の血の匂いに、ネテロは顔をしかめた。

この男は、あとどれだけの人間を復讐《ふくしゅう》に巻きこむつもりなのだろうか。

当の男は、マントを風に靡《なび》かせたまま微動《びどう》だにせず、じっと夜空を見つめていた。

「これがハンター協会の回答か」

微《かす》かに聞こえるプロペラ音。

星々に交《ま》じって段々とこちらに近づいてくるのは、協会の保有する飛行船団である。

四隻《せき》か、五隻か……あるいはそれ以上の数の武装した飛行船が、天空闘技場《てんくうとうぎじょう》の上空を包囲し始めた。

「我々の要求を無視し、武力で制圧するつもりなのだろう。……実に浅はかだとは思わんか、ネテロよ」

男はニヤリと口元を歪《ゆが》ませると、ネテロを仰《あお》ぎ見た。その大柄な肉体は、今や密度の高い漆黒《しっこく》のオーラで覆《おお》われている。

間違いなくそのオーラは、五十年前のあ・の・男と同じものである。

ネテロを冷たく一瞥《いちべつ》すると、男は両手を強く握りしめ、自《みずか》らの内に秘めたオーラを解放した。

「協会の情けない姿を、よく見ていろ」

「お主《ぬし》……」

男の叫びが、天空闘技場を震わせる。

「ううおおおおおおおおおおおっ――――!」

もちろんそれは比喩《ひゆ》などではない。その男の持つオーラは、この塔全体を振動させるほどに強烈なものだったのだ。

建材がミシリミシリと唸《うな》りを上げ、屋上の床面も次々とはがれ飛び、吹き飛んでいく。

これだけの〝怨《オン》〟の力、果たして五十年前のヤツですら発揮できたかどうか。

数百メートルは離れた場所に浮いている飛行船団ですら、黒いオーラの爆発に当てられて、体勢を崩したほどなのだ。

激しいオーラに包まれながら、男が力の限りに叫んだ。

「百《ヒャク》・鬼《キ》・呪《ジュ》・怨《オン》――――!」

くわっ、と目を見開き、全身に青筋を浮き上がらせている。

蓄《たくわ》えたオーラを放出するという意味では、念《ネン》の基本四大行《よんだいぎょう》の一つ、〝練《レン》〟と、理屈は同様である。ただ、そこに〝怨《オン》〟の〝制約と誓約《せいやく》〟を加えることによって、自らの限界を超え、あらん限りの潜在能力を引き出しているのだろう。

「――羅刹《ラセツ》っ！」

オーラの炎が天高く立ち昇《のぼ》った。

圧倒的な〝怨《オン》〟の力が、夜空を昏《くら》く染め上げるのを見て、ネテロは息を呑《の》む。

「あれは……⁉」

燃え上がる黒い炎が空中で形を成《な》し、巨大な左手へと変わった。異形《いぎょう》の手は、そのまま近づいてきた飛行船の一隻を貫《つらぬ》き、粉々にしてしまう。

ネテロはかつて、これと同じ業《わざ》を目にしたことがあった。

「これは、あの男の……」

左手に次いで右手が生まれ、軽々と飛行船を握りつぶしていく。

次々と四散《しさん》する飛行船を眺めながら、男は「くくく」と笑《え》みを浮かべている。

その陰惨《いんさん》な笑顔は、闘技場上空に現れた鬼――羅刹と同じ表情であった。

「そうか……。貴様《きさま》は五十年前の怨念《おんねん》の化身――この世に残した怨《うら》みが深すぎる故《ゆえ》に成仏《じょうぶつ》もできず、行き場を失った怨念が、肉体をも蘇《よみがえ》らせおったというわけじゃな……」

男の手で具現化《ぐげんか》された羅刹によって、飛行船団はわずか数十秒ほどで壊滅《かいめつ》してしまった。

脱出した乗組員たちも、自分たちを襲った巨大な怪物が、まさかたった一人のオーラによって生み出されたものだとは思いもしないだろう。

「まさか、お主と、再び相見《あいまみ》えることになるとはな、ジェドよ……！」

※

レオリオが目を覚《さ》ますと、そこは暗闇の中だった。

「ん……あ……？」

懐《ふところ》からライターを取り出し、灯《あか》りを点《つ》けながら記憶を整理する。

確か自分は、バトルオリンピアのトレーナーとして呼ばれてここに来たはずだった。しかし天空闘技場《てんくうとうぎじょう》に向かう途中に何者かに頭を殴《なぐ》られて、マンホールに落とされた……。

「えーと、ここは下水道……か？　どうりで臭《にお》うと思ったぜ……」

灯りを頼りに周りを見渡すと、煉瓦造《れんがづく》りの内壁や、苔《こけ》むした排水用の溝《みぞ》が見える。水がほとんど流れていないということは、今は使われてない下水道なのだろう。

レオリオが落とされたマンホールの穴は上方に見えたが、梯子《はしご》が壊れており、登ることはできそうにない。

「しょうがねえ。歩いて他の出口を探すしかねえな」

なんでオレがこんな目に……と毒づきながら、レオリオは下水道を歩きはじめる。

と、そのとき。

上の方から、ズン、と大きな音が響き、下水道全体が揺れるのを感じた。

「上では何が起きてんだ……？　嫌《いや》な予感がしやがるぜ……」

眉《まゆ》をひそめるレオリオだったが、さすがに予想外だっただろう。

まさかその嫌な予感が、数秒後に当たることになろうとは。

「……テロリストめ、動くな！」

低い男の声と共に、後ろから銃声《じゅうせい》が響き渡った。

突如《とつじょ》、レオリオの足元に、弾丸が突き刺さる。

「うおっ⁉」

慌《あわ》てて飛びのき、下水道の角《かど》に隠れるレオリオ。

そっと様子《ようす》を見てみると、軍用《タクティカル》ベストを装備した男たちが、こちらに向けて機関銃《きかんじゅう》を構えている様子が見える。ベストにつけられたマークは、ハンター協会のものだった。

「ハンター協会の特殊部隊が、何でこんなところに……？」

特殊部隊の隊員たちは、こちらを警戒しながら銃を構え、ゆっくりと近づいてくる。

色々と疑問は感じたものの、レオリオは懐からハンター証《ライセンス》を取り出すと、両手を上げて、彼らの前に姿を現すことにした。

「オレはハンターのレオリオってもんだ。決して怪《あや》しいもんじゃ――」

だが、特殊部隊員たちは一切《いっさい》聞く耳を持とうとしない。姿を見せたレオリオに向けて銃《じゅう》弾《だん》の雨を浴びせかけた。

「観念《かんねん》しろ！　テロリストめ！」

「うおわあああっ⁉」

慌てて逆戻りし、下水道を反対方向へと逃げる。

そんなレオリオの後を、「追え！」「逃がすな！」と隊員たちが追いかけてきた。完全にこちらをテロリストだと誤解しているようだ。

「ちくしょう！　ちったあ人の話を聞けってんだよ！」

狭い下水道を全力疾走《しっそう》していると、前方にも複数の人影が見えた。どうやら、特殊部隊とは違う集団のようである。

「今度は何だってんだ⁉」

それは趣味の悪いマスクをつけた、不気味《ぶきみ》な集団であった。

彼らは走ってくるレオリオの姿を認めると、右手に装着《そうちゃく》したボウガンを構え、おもむろに発射したのである。

「おいおい、何がどうなってんだあっ⁉」

叫びつつ、ボウガンの矢を間一髪《かんいっぱつ》で回避する。

前門《ぜんもん》のマスク集団、後門《こうもん》の特殊部隊。まったくわけのわからないまま、レオリオは大ピンチに陥《おちい》っていた。

「ちっ……！」

運良く横道を見つけ、滑《すべ》りこむようにそこに逃げ隠れる。どちらも話が通じない連中なのだ。もうとことん逃げるしかあるまい。

「何だ⁉　テロリストの仲間か⁉」「すごい数だ！　撃《う》て、撃てぇぇえっ！」

レオリオの背後では、鉢合《はちあ》わせした二つの集団による銃撃戦《じゅうげきせん》が始まっていた。自分が気絶している間に、何が起こったというのか。さっぱりわからない。

「しかも行き止まりかよお……！」

横道の奥に、先に進む道はなかった。あったのは、ゴミ運搬用のリフトが一台だけ。しかも半分発酵《はっこう》した生ゴミがたっぷり詰まっている。

このままここに立ちすくんでいても、後ろのドンパチに巻きこまれるだけ……。

もう観念《かんねん》するしかない。

「あーもう、しょうがねえっ……！」

レオリオは鼻をつまみつつ、生ゴミリフトへとダイブするのだった。

※

「天空闘技場《てんくうとうぎじょう》前広場からお伝えしています。先ほど、テロリストと思われる集団によって占拠《せんきょ》された闘技場内には、数千人の観客が人質《ひとじち》となっていると思われます。ですが、いぜん解放の目途《めど》は立っておりません。事態を重く見たハンター協会は、特殊部隊を動員して事態の解決に当たる姿勢を見せており――」

緊張気味《ぎみ》の面持《おもも》ちで、女子アナがマイクを握っている。

つい一時間ほど前には、バトルオリンピアの場外観戦客で沸《わ》き立っていたこの広場も、今や装甲車《そうこうしゃ》と特殊部隊員で埋《う》め尽《つ》くされている。

彼らは、内部に立てこもるテロリストを、強行突破《きょうこうとつぱ》しようとしているのだ。

「あ、何か動きがある模様《もよう》です！」

女子アナが、上を見て叫んだ。

天空闘技場の五十階付近の外壁――そこに開いた大きな穴の前に立っているのは、先ほどまで闘技場のリングの上にいたモヒカン男だった。

「ひゅう……！　軍人共がたくさんいやがるぜ」

餓鬼《がき》はニヤリと笑《え》みを浮かべると、両手を広げ、広場に向けて飛び降りた。

「な、何かが落ちてきます……！　え？　あれは……きゃああっ⁉」

弾丸《だんがん》のような速度で、餓鬼が装甲車の真上に落下する。

落下の運動エネルギーに耐え切れず、装甲車はその車体を大きく歪《ゆが》ませ、爆発した。瞬間、爆炎《ばくえん》と轟音《ごうおん》が広場を包む。

「ものすごい煙です！　前が見えません！」

もうもうと湧《わ》き立つ白煙《はくえん》の中、ＴＶ《テレビ》クルーも特殊部隊員も、視界を確保できずにただただ狼狽《うろた》えていた。

悠々《ゆうゆう》と行動を起こしているのは、ただ一人、餓鬼だけだった。

「少しは楽しませてくれよ、軍人共」

「て、テロリストか⁉　止まれ！」

煙が晴れ、隊員たちは突如《とつじょ》現れたモヒカン男に、マシンガンの銃口《じゆうこう》を向ける。

だが、餓鬼にとってそんな機関銃程度では、脅《おど》しにもならなかった。

「え……⁉」

自分に向けられた銃を片手で軽く奪い取り、もう片方の手で隊員の襟首《えりくび》をつかんで放り投げる。後はその繰り返しだ。仲間を次々ちぎっては投げる餓鬼の姿に、隊員たちはただただ放心していた。

「ひ、ひるむなっ……！　装甲車を盾《たて》に陣形《じんけい》を立て直せば――」

装甲車の後ろに隠れる特殊部隊の連中を見て、餓鬼はやれやれ、とため息をつく。

「甘《あめ》えよ」

餓鬼は、両掌《りようてのひら》に集中させた怨《オン》のオーラを、頭上に掲《かか》げる。餓鬼の両手で燃え盛っていた黒い炎は、大きな火球《かきゆう》となって唸《うな》りを上げた。

「〝踊る気儘な火人形《ダンシング・ドール》〟！」

叫びと共に、餓鬼の掌から巨大な火球が放たれた。

装甲車の陰から様子《ようす》を見ていた隊員たちには、驚く時間すらなかっただろう。超高熱の黒い炎で、装甲車ごと融解《ゆうかい》してしまったのだから。

広場にいた特殊部隊員たちを瞬《また》く間に片づけた餓鬼は、あまりの手ごたえのなさに、ため息をついていた。

「うーん、すっきりしねえなあ……」

ＴＶクルーの面々は、目の前で起きた虐殺劇《ぎゃくさつげき》にただただ茫然《ぼうぜん》としていた。

特殊部隊ですら赤子《あかご》の手を捻《ひね》るように壊滅《かいめつ》させるこのテロリストは、一体何者なのだろうか――と、そんな風《ふう》に思っているに違いない。

我に返った女子アナの一人が、餓鬼に向けて果敢《かかん》にマイクを突き出した。

「あ……あなたたちの目的は一体……？」

しかし、餓鬼はそんな女子アナを一顧《いっこ》だにせず、素通りしてカメラの前に立った。レンズを覗《のぞ》きこみながら口を開く。

「見てるか修羅《しゅら》、終わったぜ」

『ご苦労。しかし派手にやりすぎたな』

天空闘技場の壁に設置された巨大スクリーンから、修羅の声が響いてきた。

コントロールルームで闘技場の電子機器を掌握《しょうあく》している修羅は、テレビを通じて広場の様子を監視していたのである。

「ちょっとくらい遊んだっていいだろ？　あんな雑魚《ざこ》共が相手じゃ、準備運動にもなりゃしねえんだし」

餓鬼がカメラに向かって、肩をすくめてみせる。

「ところで、例の奴らはどうなったんだ？　シャドウハンターたちと闘《たたか》ってるっていう」

『今は怨《オン》に目覚めた闘士《とうし》共をぶつけているところだ。なかなか手ごわい奴らのようだが』

巨大スクリーンの声と会話する餓鬼の姿に、ＴＶクルーたちは唖然《あぜん》としている。状況がまるで飲みこめていないのだろう。

もちろん、餓鬼はそんな周《まわ》りの連中の事は歯牙《しが》にもかけない。

「なあなあ、オレにも見せてくれよ。奴らの映像。そのくらいできんだろ？」

『しょうがないヤツだな……』

修羅のため息が聞こえてくる。

ややあって、今度は巨大スクリーンに闘技場の内部の様子が映し出された。

「おおっ」

画面に映っていたのは釣竿《つりざお》を持った黒髪の少年と、ヨーヨーを構えた吊《つ》り目の少年——

二人の少年が、フロアマスターたちを相手に闘いを繰り広げている映像であった。

少年たちは子供ながらにオーラを巧《たく》みに操り、闘士たちの多角的な攻撃を捌《さば》いている。

『しつけーな、こいつら……。あーもう、殺しちゃっていいか？』

『ダメだよ！　ズシの対戦相手だっているんだから！　やっつけちゃったらバトルオリンピアができなくなっちゃう！』

『じゃあどうすりゃいいんだよ⁉』

『手加減《てかげん》して！　でも戦闘不能にして！』

『ったく、面倒《めんどう》くせえ……！』

『キルアなら簡単でしょ⁉』

『無茶言うなっての！』

彼らの相手は、仮にもバトルオリンピアに出場するほどの実力者たちだ。それも、怨《オン》によって能力の底上げが図《はか》られているはずなのである。

そんな連中に対し、これだけの軽口を叩《たた》きながら戦う余裕があるとは、とんだ子供たちである。彼らの見事な戦いぶりに、餓鬼はつい、「わっはっは！」と大口を開けて笑ってしまっていた。

『どうした、餓鬼』

修羅の怪訝《けげん》そうな声が、スピーカーから響いてきた。

「こいつら、ずいぶんバトルオリンピアを楽しみにしてるみたいじゃねえか……。おい、修羅よ。オレにあいつらと闘わせてくれよ」

修羅の「やれやれ」と言う声を聞いて、餓鬼はにんまりと破顔《はがん》した。

※

自分たちの様子《ようす》が外部に中継されていることなどつゆ知らず、ゴンは闘士《とうし》たちとの戦闘《せんとう》に集中していた。

「よっ……と」

敵が生み出したオーラのシャボン玉を、すんでのところで身を捻《ひね》って回避《かいひ》する。

口から泡を吐《は》きつつ戦うこの男は、パンフレットによれば確か『ガマ』とかいう名前のフロアマスターだ。

彼もカンジル同様に強力な〝怨《オン》〟のオーラを全身に帯《お》びていたが、攻撃自体はいたって単調。落ち着いて見切れば致命傷を食らうことはない。

「とりゃっ！」

背後の『カマキリ』の異常に長い腕を空中に飛び上がって回避し、そのまま顔面に回《まわ》し蹴《げ》りを叩《たた》きこんだ。カマキリの身体《からだ》はきりもみ状に回転し、ガマを巻きこんで床に倒れる。

普通の相手であれば、これでKOのはずであった。だが、倒れた二人は瞬時に起き上がり、再びゴンに近づいてくるのだ。これも、怨《オン》の効能なのだろうか。

いくら倒しても復活する闘士たちのタフネスに、キルアも痺《しび》れを切らしているようだ。

「ちっ……このままじゃオレたちがやられちまう……！」

不死身《ふじみ》の闘士たちがゴンとキルアを包囲しつつ、にじり寄ってくる。

決して強くない敵とはいえ、打開策を見いだせないまま戦っても、ジリ貧になるだけだ。

ゴンが頭を抱えていたそのとき、背後で「チン」と音が鳴った。

「え？」

それは、すぐ真後ろのエレベーターに昇降機《かご》が到着したことを知らせる音だった。その扉が、ゴンとキルアを誘うかのように左右に開いていく。

「さっきまで動いてなかったのに……」

「どー考えても罠《わな》だろ、これ」

眉《まゆ》をひそめるキルア。

しかし闘士たちに囲まれ、消耗戦を強《し》いられている現状、たとえ罠だろうとこのエレベーターに乗る以外に選択肢《せんたくし》はない。

「……しょうがねえ、望むところだ！」

「そーこなくっちゃ！」

二人はエレベーターに乗りこみ、すかさず扉を閉める。

闘士たちの呻《うめ》き声を尻目《しりめ》に、エレベーターは上昇していく。

※

天空闘技場《てんくうとうぎじょう》の屋上に、強い風が吹き荒れている。

五十年の時を経《へ》て蘇《よみがえ》った亡霊《ぼうれい》――ジェドが、ネテロに向けて薄く笑《え》みを浮かべた。

「そうだ。オレは怨《オン》の力で蘇った。貴様《きさま》に……ハンター協会に怨《うら》みを晴らすためにな……！」

ネテロの頭上で、羅刹《らせつ》のオーラが両腕を広げた。

圧倒的な力で飛行船団を排除した羅刹は、この世のすべてを呪うかのような勝鬨《かちどき》を上げた。そして、そのまま黒い巨体はゆっくりと夜空に霧消《むしょう》していく。

それを仰《あお》ぎ見ながら、ネテロは深くため息をついた。

「怨《オン》か……。虚《むな》しい力だな」

「虚しい、だと？」

「心が裂《さ》けるほどの激しい怒り、憎しみ、怨《うら》み――ひとたびそれに身を染めてしまえば、自身の力ではコントロールできなくなる。怨《オン》によって己《おのれ》が操られることになるのだ」

淡々と告げるネテロを、ジェドはじっと見つめている。

「怨《オン》に魅了されたお主《ぬし》ら〝影《かげ》〟は、その力の源《みなもと》を知ろうと殺戮《さつりく》を繰り返した。一杯の水を盗んだ子供でも見境《みさかい》なく殺し、その快感に酔った。貴様らはもはや人とは言えぬ！」

「………」

「……お主は、どうしようもなく小汚《こぎたな》い悪魔に魂《たましい》を売ったのよ……！」

ネテロの厳《きび》しい言葉に、ジェドが顔を強張《こわば》らせた。

「戯言《たわごと》を。禁を犯したのはお前の方ではないか、協会の犬め。ハンター十ヶ条の其乃《その》四を忘れたのか？」

十ヶ条の其乃四とは、『ハンターたるもの、同胞《どうほう》のハンターを標的にしてはいけない』という条文である。奇《く》しくもそれは協会内で、今最も改正が議論されている部分だった。

「──なのにお前は、オレの目の前で同胞を惨殺《ざんさつ》した」

「其乃四には但《ただ》し書きがあろう。『甚《はなは》だ悪質な犯罪行為に及んだ者に於《お》いては、その限りではない』とな」

ネテロの脳裏《のうり》に、五十年前の死闘《しとう》が蘇《よみがえ》る。

あの日荒野《こうや》で、虐殺《ぎゃくさつ》集団と化した〝影〟を潰《つぶ》したのは、ネテロ率《ひき》いる清凜隊《せいりんたい》であった。彼らを止めるためには、粛清《しゅくせい》の他に道はなかったのである。

「但し書きなど、ハンター協会の詭弁《きべん》にすぎぬ！　そもそも〝影〟の『悪質な犯罪行為』を容認《ようにん》していたのは、当のハンター協会ではないか！」

ジェドが目を見開くと、再び怨《オン》のオーラが周囲に広がった。それは怨みだけで、ネテロを焼き尽くさんとするほどの、強烈なオーラであった。

「オレは〝影〟として、この世の無数の地獄を経験し、やがて確信した。ハンターこそ諸悪の根源であるとな。……やつらはハントの欲求を満たすためなら手段を選ばない。不正まみれの協会や悪徳政治家におもねり、その力で弱い者を虐《しいた》げることさえも容易にやってのけるのだ……！」

「確かに、ハンターの中にもそういう者がいるのは否定できんがな……」

もちろん、すべてのハンターが悪党というわけではない。弱きを助け世界のために尽力し、功績を成すハンターだって少なくはないのだ。

だが、千の言葉をつくしてそんな反論をしたとしても、心の底までハンターへの怨みに支配されたこの男の耳には、決して届くことはないだろう。

「怨《オン》……それは虐げられた弱者たちの復讐の力……。怨《オン》はオレを選んだ！　貴様らハンターを裁《さば》くために、オレは再びこの世に蘇ったのだ！」

ジェドは、常軌《じょうき》を逸《いっ》した笑い声を上げる。

ネテロはそれを、哀《かな》しげに見つめることしかできなかった。

※

階数表示が二百二十九階を示したところで、ゴンたちを乗せたエレベーターは動きを止めた。自動で開かれる扉の向こうから漂ってくるのは、禍々《まがまが》しい怨《オン》のオーラと、圧倒的な存在感だった。

「よお」

エレベーターホールの中央には、モヒカン頭の大男が腕組みをして立っていた。

コロッセオでズシを一方的に蹂躙《じゅうりん》した男――餓鬼《がき》だ。こちらを誘いこみ、待ち伏せしていたのだろう。

「ここから先には行かせねーぜ」

餓鬼は好戦的な笑《え》みを浮かべると、両掌《りょうてのひら》から黒い炎を発生させた。

どうやら、戦闘《せんとう》は避《さ》けられそうにない。ゴンとキルアは、身構えた。

「――バトルオリンピア場外乱闘ってとこかあ～!?」

餓鬼の掌から発せられた炎が、一直線にゴンとキルアを襲う。

二人はとっさに左右に跳《と》んでかわしたが、火炎が直撃したエレベーターの扉は、その高熱によってドロリと融解《ゆうかい》してしまった。

あの黒い火炎は、数千度近くの温度があるに違いない。まともに食らえば黒焦《こ》げだろう。

「放出系か――」

キルアが壁を蹴《け》って着地し、体勢を立て直す。

「ゴン、こいつはやっちまってもいいよな。バトルオリンピアの選手じゃねーし」

キルアの物言いに、餓鬼はピクリと眉《まゆ》をひそめた。

「あぁ？　オレを倒す気でいるだと……？」

「そうだ！　ズシの代わりに、オレたちが相手だ！」

釣竿《つりざお》の穂先《ほさき》を突きつけるゴン。

二人の挑戦的な態度を見て、餓鬼はニヤリと口元を歪《ゆが》めた。

「くく。いいね……。いいねえっ……！」

巨体を包む怨《オン》のオーラが両掌に集中し、再び火炎が巻き起こる。餓鬼はそれを両手の前で合わせ、特大の火球《かきゅう》を生み出したのだった。

「──そうこなくっちゃなあああああああっ！」

特大の火球が、放射状に広がり、ゴンとキルアを襲った。さしずめ、火炎の散弾銃《さんだんじゅう》といったところである。

「うわっ⁉」

ゴンは慌《あわ》てて横に転がり、超高熱の弾丸《だんがん》から身を守る。

ホール内の観葉植物や自販機は、そのほとんどが消し炭《けずみ》になり、天井からはスプリンクラーの水が降り注《そそ》ぎ始めた。リノリウムの床すらも溶《と》かす黒い炎は、ただの水では消火できないらしい。まさに焼け石に水の如《ごと》く、次々と蒸発してしまうのだ。

「やっぱ、今までのヤツとはレベルが違うな！」

「うん！」

餓鬼はニヤリと笑みを浮かべると、拳《こぶし》に黒い炎を纏《まと》ったまま、それを大振りに突き出してきた。渾身《こんしん》の正拳突《せいけんづ》きを前に、キルアはしかし、動かない。

「キルア⁉」

轟音《ごうおん》と共に火炎の拳が、無防備なキルアに叩《たた》きこまれた。

息を呑《の》むゴンだったが、よく見ればダメージを受けていたのは餓鬼の方だ。さきほどまで黒く燃え上がっていた拳が、バチバチと帯電《たいでん》している。

「電気……⁉」

「ま、それでも負ける気はねえってこった」

相手の拳を受ける瞬間、キルアは掌《てのひら》のオーラを電気に変え、〝雷掌《イズツシ》〟を叩きこんでいたのである。

機転を利《き》かせたキルアの反撃に、餓鬼は笑みをこぼした。

「面白《おもしれ》えことしてくれるじゃねえか」

それは、敵を憎む表情ではなく、純粋に闘いを楽しむ者の表情だった。

そこにゴンはふと、違和感を覚える。

どうしてこの敵は、こんなに楽しそうに笑うのだろうか。

ヒソカのように、敵を壊《こわ》すことに喜びを覚えているわけではない。こちらと技を競い合うこと自体を、楽しんでいるかのようだ。

The LAST MISSION

その笑みは、バトルオリンピアに憧れる格闘家たちと、なんら変わることはないものだった。

ゴンは餓鬼を見つめ、問いかけることにした。

「おじさん。なんでこんなことするの？」

「………？」

戦闘中に話しかけられるとは思わなかったのか、餓鬼は一瞬怪訝《けげん》な表情を浮かべる。

「人質《ひとじち》を取ったり、誰かを傷つけたり……。ホントは、こういう闘いなんかしたくないいんじゃないの？」

その眼差《まなざ》しが真剣なものだとわかり、餓鬼もまた真摯《しんし》にゴンに向き合う。

「お前たちにはわからねえだろうよ。オレたちの憎しみの重さは……」

餓鬼は、拳で冷たく燃える怨《オン》の炎を見下ろした。

第3章

イムニ族

餓鬼《がき》が初めてハンターという存在に憎しみを覚えたのは、数年前のあの日のことだ。

「連中は殺すなよ！　生きたまま連れて行けとの命令だ！」

平和だった村が、一夜にして地獄へと変わった。

田畑は踏み荒らされ、家々には火をつけられ、金品はなすすべなく強奪《ごうだつ》される。

反逆者狩《はんぎゃくしゃが》りの名目《めいもく》で現れた賞金首《ブラックリスト》ハンターたちが、餓鬼たちの育った村を襲撃したのであった。

強力無比《むひ》なイムニ族の格闘術《かくとうじゅつ》も、念《ネン》を修《おさ》めたプロハンターに通用するものではなかった。

残虐《ざんぎゃく》なハンターたちは、女子供にすら暴行を加え、抵抗できなくなった村人たちを麻袋に詰めて、次々とトラックの荷台《にだい》へと投げこんでいく。

その災禍《さいか》を逃れることができたのは、たまたま村の裏山で遊んでいた三人の兄妹だけだった。

思慮《しりょ》深い長男と、力自慢の次男、そしてまだ幼い妹。

三人は、焼け落ちる故郷を背に、断腸《だんちょう》の思いで逃げ出した。

一晩にも及ぶハンターの追跡を必死で振り切り、三人の兄妹は何とか裏山から脱出する。

しかし、反逆者扱いの彼らにはもう、帰る場所はなかった。他の国に亡命《ぼうめい》しようにも、ハンターに狙われている彼らを保護してくれる政府はない。

そうして三人の兄妹は、出自《しゅつじ》を隠し、諸国を放浪《ほうろう》することになる。

ゴミも漁《あさ》った。

盗みも犯した。

物乞《ものご》いもした。

追手のハンターたちの目を逃れつつ、まだ子供だった三人の兄妹は、生きるために必要なことは何でもやった。


イムニ族の名を捨て、偽名《ぎめい》を使おう、と言い出したのは長兄《ちょうけい》だ。

「オレたちは、あの日見た地獄を忘れちゃいけない。だからいつか、あいつらに復讐《ふくしゅう》するその日まで、いつでも地獄を思い出せるような名前を名乗ろう」

そうして、長兄は〝修羅《しゅら》〟と、末の妹は〝煉獄《れんごく》〟と名乗ることになった。

次男だけはイムニの名を捨てることを最後まで拒《こば》んだが、長男の説得に折れ〝餓鬼〟と名乗ることになったのである。


数年間にも及ぶ放浪の末、最終的に彼らが流れ着いたのは、この世のありとあらゆる廃《はい》棄物《きぶつ》を受け入れる最後の楽園——流星街《りゅうせいがい》だった。

彼らは、このゴミ溜《た》めの中で生きていくことを決める。


その日も餓鬼は、顔中に青痣《あおあざ》を作ってゴミ山の中を歩いていた。

「ちっ……あんだけやってこの程度かよ」

ぼろぼろになった餓鬼の手の中に握られていたのは、食べかけのチョコレートだ。

せっかく賭け試合《ストリートファイト》にありつけたのに、さんざん殴《なぐ》り合いをさせられたあげく、最終的に手元に残ったのはこのチョコ一つだけ。なんとも情けないことだった。

餓鬼の胃が、ぐう、と大きな音を立てる。

最後に食べたのは、確かヘビだったか。もう丸一日近く、ろくなものを食べていない。

このチョコを齧《かじ》ってやろうかとも思ったが、お腹を空《す》かせて待っているだろう煉獄のことを思うと、それもできない。

肩を落とし、とぼとぼと兄妹の待つ廃バス《バラック》への道を辿《たど》る。

陽が落ちるかどうかという時間に、ようやく廃バスに帰り着いた餓鬼だったが、そこで待っていたのは、険《けわ》しい顔を浮かべた修羅一人だった。

「煉獄がいなくなった」

「え……!?」

深刻に告げる修羅の声に、餓鬼は思わず手の中のチョコレートを落としてしまった。

まさか、賞金首《ブラックリスト》ハンターに見つかって収容所送りになったのでは――。餓鬼は恐ろしい想像に身を震わせた。

「ちゃんと一緒にいろって言っただろ！」

「ご、ごめん……。でも、あいつが腹を減らしてたから……」

俯《うつむ》く餓鬼を見て、修羅が、やれやれと頭を振った。

「とにかく、探しに行こう」

修羅と二人、周辺のゴミ山を探すこと三十分。結果から言えば、煉獄の姿はすぐに見つかった。廃バスから程遠くないゴミ山のふもとに、うつ伏せで倒れていたのである。

「煉獄！」

修羅と二人、煉獄の元へと駆け寄る。幸いにも、どうやらただ頭を打っていただけのようで、煉獄はゆっくりとその身を起こした。

「いたた……」

「大丈夫か？」

こくりと頷《うなず》く煉獄の頭に、修羅が手を置いた。

「こんなとこで、一体何やってたんだ？」

「……ごめんなさい。わたしも何か、できることを探そうと思ったの」

煉獄は俯き加減《かげん》に、ぽつぽつと話し出す。

「わたし小さいし、弱いし、足引っ張るだけで何の役にも立てないし……このまま捨てられちゃうんじゃないかって思ったから――」

「バカ言うな！」

餓鬼の大声に、煉獄がびくり、と首をすくませた。

「大事な妹を捨てるわけねえだろうが！」

「餓鬼は強いからいいよね……。わたしも、強くなりたいのに……！」

煉獄の瞳に大粒の涙が浮かんだ。

ぐす、と鼻をすする煉獄の顔を見ていると、餓鬼にはもうそれ以上何も言えなくなってしまった。彼女なりに、兄妹のことを必死に考えているのだろう。

そのときふと修羅は、煉獄が強く握りしめているものを見て、声をかけた。

「煉獄、それは？」

彼女が握っていたのは、一本のネジだった。少し曲がっている以外に特徴のない、ただの赤茶けたネジである。

それを見て、餓鬼はようやく、煉獄がどうしてこんなところで横たわっていたのか、その理由に思い当たった。彼女はきっと、このゴミ山の中から使えそうな部品を探していて、あやまって足を滑らせたのだろう。おそらくは、修羅のジャンク品修理《仕事》を手伝うために。

修羅は、煉獄からネジを受け取ると、にこりと笑《え》みを浮かべた。

「これは使えそうだな。煉獄、よくやった」

「え……？」

目元を手の甲で拭《ぬぐ》いつつ、煉獄は首をかしげる。

「これで仕事が捗《はかど》るよ。さあ、帰ってメシにしよう」

修羅はその錆《さ》びたネジを大事そうにポケットにしまうと、煉獄の手を取って立ち上がらせた。

そんなネジが何の役にも立たないことは、煉獄だってわかっている。

それでも彼女は、二人の兄に向かって元気よく頷いたのだった。

「うん……！」

涙でぐしゃぐしゃになった笑顔を拭いながら。


たき火を囲み、三人でパンを頬張《ほおば》る。

修羅が直した旧型ラジオは、蚤市《のみのいち》で一本のフランスパンに変わっていた。餓鬼のチョコレートを溶《と》かしてトッピングしたパンは、久しぶりの豪勢《ごうせい》な夕食だった。

「はむっ……」

美味《おい》しそうにパンを頬張る煉獄の顔を、たき火の炎が照らし出した。甘いパンの味に舌《した》鼓《つづみ》を打つ彼女の表情は、本当に幸せそうだった。

そんな妹の姿を微笑《ほほえ》ましく思ったのか、修羅がパンを一切れ差し出した。

「煉獄、もう一つ食うか？」

「ううん。お兄ちゃん食べて。わたし、もう十分だから――」

と言いつつも、煉獄のお腹が「ぐう」となる。

恥ずかしそうに目をそらす煉獄の姿に、餓鬼の胸はやるせない思いでいっぱいになった。

――どうしてこんな小さな妹に、我慢なんてさせなきゃなんねえんだ……！

そのとき。

廃バスの横に置かれたテレビから、ノイズ混じりの放送が聞こえてきた。

『おお、出ましたカンジル闘士《とうし》の体液攻撃！　大放出です！　挑戦者、まったく立ち上がれません！』

「お、電波が届いたみたいだな」

と、修羅。このテレビも、捨てられていたものを彼が直したものだ。本当に手先が器用な長兄である。

『このまま世界一高い豪邸《ごうてい》は、カンジル闘士の手に渡るのか⁉』

画面を見ると、リングの上で巨漢《きょかん》同士が激しい格闘《かくとう》を行っている様子《ようす》が映し出されていた。華やかな声援を受けて闘う姿は、まるで観客たちのヒーローである。

餓鬼が普段参加するストリートファイトに比べれば、天と地の差がある舞台《リング》だ。

「バトルオリンピアか……。一度くらいは見に行ってみたいものだな」

「ね」

修羅と煉獄が、テレビを見ながら頷き合っていた。

天空闘技場《てんくうとうぎじょう》で二年に一度開かれる、格闘技の祭典《バトルオリンピア》。そこで優勝すれば、名声《めいせい》だけではなく、豪奢《ごうしゃ》な邸宅《ていたく》と、価値の高い希少《きしょう》な財宝が手に入るという――。

「そうだ……！」

気づけば餓鬼は立ち上がり、拳《こぶし》を握りしめていた。

「バトルオリンピアに出りゃあいいんだよ！　オレ、喧嘩《けんか》強《つえ》ぇし、ぜってー優勝するぜ？　そうすりゃ、何も心配いらねえ！」

熱く語る餓鬼を見て、修羅も微笑《びしょう》を浮かべる。

「そうだな。いいところまで行くかもな。案外」

「だろ？」

煉獄も楽しそうに「うんうん」と頷いていた。

しかし、そこで不意に修羅の顔から笑みが消えた。諭《さと》すような口調で、餓鬼に冷たく告げる。

「だがな、餓鬼。オレたちはもう決して表に出られない。叶《かな》わぬ夢など見るな」

「あ……」

確かに、よく考えれば修羅の言うことは正しい。外に出れば、反逆者としてハンターに追われる日々が待っている。もうこの流星街の他に、自分たち兄妹が生きる場所はないだろう。

煉獄もそれがわかっているのか、神妙《しんみょう》な顔で押し黙ってしまった。

たき火がパチパチと爆《は》ぜる音だけが、三人の間に物悲《ものがな》しく響いている。

「んだよ……」

ややあって、餓鬼が悔《くや》しそうに口を開いた。

「現実をまともに生きることも許されねえのに、夢を見ることすら許されねえのかよ……！」

修羅と煉獄は無言で、足元に目を落としていた。

「なんでだよ！　なんでオレたちがこんな目に遭《あ》わなきゃいけねーんだ！　オレたちが何をしたってんだ⁉　何も悪いことはしてねえだろ！」

怒りのままに、餓鬼は声を荒らげた。

「悪いのはイムニ族に好奇《こうき》の目を向けた他の人間共だ！　……そして、もっと悪いのはそれに便乗《びんじょう》して、オレたち《オレたち》を追いやった政府だ！」

「……いや、悪の根源《こんげん》はハンターだよ」

修羅が、静かに口を開いた。

「政府が悪行を画策《かくさく》し、実行できるのも、ハンターという悪党《あくとう》たちがなまじ力を持っているが故《ゆえ》だ……。奴らこそ、闇《やみ》で生きるべき連中なのだ……！」

落ち着いた声色《こわいろ》ながら、口調の端々《はしばし》に修羅の深い怨《うら》みが感じられた。

普段は餓鬼ほど感情を露《あら》わにすることはない兄だが、ハンターのことを語るときだけはその目の色が変わる。自分の故郷や家族を酷《ひど》い目に遭《あ》わせたハンターに対し、強い憎しみを抱《いだ》いているのだ。

餓鬼もまた、ぐっとこぶしを握り締める。

「ああ、許さねえ……。オレは絶対にハンター共を許さねえ……！　この手で全員ぶっ殺してやる……！」

「わたしも、許さない……！　絶対、死んでも許さない……！」

煉獄もまた、小さな拳をぎゅっと握りしめ、呪言《じゅごん》を紡《つむ》いだ。

餓鬼にはわかった。この小さな妹もまた、自分たちに勝るとも劣らない復讐の炎を胸に抱いているということを。

――いつの日か必ず、この怨みを晴らしてやる。

そんな兄妹の想いを代弁するかのように、たき火の炎は赤々と燃え上がっている。

そのとき、不意《ふい》に背後のゴミ山の暗がりから、しわがれた声が聞こえてきた。

「聞いたぞ……いいことを教えてやろう」

振り向くとそこには、フードを目深《まぶか》に被《かぶ》った男の姿があった。

声や雰囲気からすると、かなり高齢の人物のようだ。

「――貴様らなら、あの方をこの世に呼び戻せるかもしれぬ」

「じーさん、何者だ?」

警戒しつつ餓鬼が尋《たず》ねると、老人はフードを上げ、素顔を晒《さら》した。

「わしは〝影《かげ》〟の生き残りだ……」

月の光が、老人の顔面の大きな傷を照らし出す。この老人は昔、どこかで大きな戦いを経験した人間なのかもしれない。

彼の昏《くら》い瞳の輝きは、どこか自分たちに似ている――餓鬼は、そんな風《ふう》に思った。

※

「その〝影《かげ》〟のジジイの手ほどきに従って、オレたち三人は血の儀式を行った。怨《オン》の力と、ジェド様を復活させるためにな」

神妙な顔つきで語られる餓鬼《がき》の半生《はんせい》に、ゴンとキルアはすっかり聞き入っていた。そんな経験をすれば、彼らがハンターを目の仇《かたき》にするのも、わからないものではない。

「ジェド様は、五十年前の闘《たたか》いでハンターに同胞《どうほう》を皆殺しにされたお方……。復活したジエド様の圧倒的なオーラを感じた瞬間に悟《さと》ったよ。この方ならば、憎きハンター共を根絶やしにしてくださるとな」

「そのジェドってのが、あんたらのリーダーなのか？」

キルアが尋《たず》ねる。

ネテロの元に現れたマントの男……あの鋭い目をした男が、そのジェドという人物なのだろう。

「そうだ。オレたちは、復活したあの方の前ですぐに跪《ひざまず》き、ハンターへの復讐《ふくしゅう》を誓った。そして怨《これ》を頂いたのだ」

餓鬼の両手に、再び漆黒《しっこく》の怨《オン》の炎が巻き起こる。

「オレたちはジェド様と共に復讐を果たす！　誰にも邪魔《じゃま》はさせねえっ！」

餓鬼は叫びつつ、両手の炎を、振りかぶって投擲《とうてき》した。

激しい火炎がゴンとキルアに向けて飛来《ひらい》したが、

「あっそ……。つーか、その技はいいかげん見飽きたぜ、オッサン」

「攻撃が単調なんだよね」

ゴンとキルアは、前方に大きく跳躍《ちょうやく》し、涼しい顔で炎弾《えんだん》を回避する。一度目にした技を見切ることは、二人にとっては容易《たやす》いことであった。

――このまま踵《かかと》を決めてやる……！

空中から餓鬼の脳天を狙うゴン。

しかし、餓鬼がニヤリと笑《え》みを浮かべているのを目にして、ゴンはその考えが誤算《ごさん》であったことを悟った。

「お前たちの方こそ、だいぶ読み易《やす》いぜ？」

餓鬼が、踵落《かかとお》としを決めようとしていたゴンの右足を片手でつかんだ。オーラを帯びた餓鬼の右手の握力はすさまじく、容易にふりほどけるものではない。

「しまっ——!?」

先の火炎攻撃は完全に囮《おとり》だった。こちらが上空に逃げることを予想し、空中で動きが取りづらくなったところを狙ったのだ。

「うおらあああああああああああああっ！」

餓鬼は力任《ちからまか》せにゴンを放り投げる。

ゴンの身体《からだ》は、砲丸《ほうがん》のごとく壁に激突し、これを貫通《かんつう》した。

「ぐうっ……！」

〝堅《ケン》〟の防御がなければ、壁に激突した時点で全身の骨がバラバラになっていただろう。

だが、依然ピンチには変わりない。

ホールの壁の向こうは、吹き抜けのエレベーターシャフトだった。ゴンの身体は重力のなすがまま、狭く暗いシャフトの中を高速で落下して行く。

「やばい……！」

どこかにでっぱりのような部分はないかと暗闇《くらやみ》で必死に目を凝《こ》らしていると、上の方から バカ笑いが聞こえてきた。

「ふははははははは！」

声の正体は、今しがた自分をここに叩《たた》き落とした男だ。

餓鬼が、わざわざシャフトを降下し、追撃《ついげき》してきたのである。自分の手で止《とど》めを刺さなければ気が済まないとでも言うのだろうか。

「ならっ……！」

ゴンは上方の餓鬼に向けて、釣竿《つりざお》を振りかぶった。

釣り針が餓鬼の腰のベルトに引っかかり、糸が太ももに絡《から》みつく。

「むっ……!?」

「そりゃあああああっ！」

ゴンは力任せに釣竿を振り回し、糸の先の餓鬼をシャフトの内壁に叩きつけた。先ほど壁に叩きつけられたお返しである。

「……うおおお!?」

餓鬼の身体は建材を突き破り、壁にめりこむ。

釣り糸で餓鬼と繋《つな》がっているゴンも、数メートル下で落下を停止。近くの鉄骨に着地し、ようやく人心地《ひとごこち》つく。

見上げれば、餓鬼が突っこんだ内壁の一部がバラバラとこぼれ落ちてきていた。

だが、このくらいの攻撃であの男を倒せたとは思えない――。

「はは、やるじゃねえか……！」

壁に空《あ》いた穴から、餓鬼がぬうっと顔を出した。衣服はところどころ破けていたが、肉体にダメージは一切《いっさい》ないようだ。やはり、怨《オン》のオーラで身を守ったのだろう。

「だが、もう逃げ場はねえぜ……！」

餓鬼の開いた掌《てのひら》の上で、炎の形が変化する。不定形だった黒の炎は、数十本の鋭い矢へと姿を変えた。

「くらええええっ！」

餓鬼が両手を振り下ろすと、黒い矢がゴンめがけて降り注《そそ》いだ。このままここに留《とど》まれば、炎の矢によって全身を貫《つらぬ》かれるのは必至《ひっし》……！

ゴンの判断は早かった。

「か、壁を走って登ってくるだとおっ……!?」

ゴンは釣竿を捨て、勢いをつけて鉄骨を蹴《け》り、そのまま壁を蹴り上がったのである。

足の筋力こそオーラで強化しているものの、ゴンの身軽さとバランス感覚がなければこうはいかないだろう。

重力に逆らうように一気に距離を詰めてくるゴンの姿には、さしもの餓鬼も少なからず驚愕《きょうがく》したようだ。

目を見開いて硬直《こうちょく》する餓鬼の顔面に、ゴンはオーラをこめた一撃を放つ。

「でぇええええいっ！」

無防備な顎《あご》先に決まったのは、文句なく鋭いアッパーカット。

だが、餓鬼は倒れない。ニヤリと笑って、ゴンを見ただけである。

「な、なんで……？」


餓鬼の能力に疑問を覚えていたのは、上のエレベーターホールから闘いを見下ろしていたキルアも同じだった。

「ゴンのパンチを受けて耐えられるってことは、あいつは放出系じゃなくて強化系ってことなのか……？」

相手が並みの放出系能力者であれば、強化系のゴンの拳《こぶし》は相手のオーラの防御を貫いていたはずである。それでダメージを受けないということは、あの男も強化系だとでも考えなければ辻褄《つじつま》が合わない。

だが、違和感はそれだけではなかった。

「炎のオーラを矢の形にしたのは、どっちかっつーと変化系っぽいし……」

通常念《ネン》能力は、得意系統以外の能力を使おうとすれば精度が落ちるはずなのだ。

だが、あの男は少なくとも放出、変化、強化の三系統に類する能力を使いこなし、しかもそれぞれかなりの精度を保っている。

あの怨《オン》というオーラには、何か念《ネン》にはない秘密があるとでも言うのだろうか。

「……ああ、わかんねえ！」

エレベーターシャフトの下の方からは、ゴンと餓鬼が殴《なぐ》り合う音が聞こえてくる。傍目《はため》にはゴンの身体能力も餓鬼の体術《たいじゅつ》に引けを取らず、両者は互角《ごかく》の闘いを繰り広げているようにも見えるが、餓鬼の能力の底が見えない以上、ゴンが不利なのは否《いな》めない。

何か手はないか……？

考えながらシャフト内を眺《なが》めていたキルアは、ふと、あることに気づいた。

「そういや、この中、なんでエレベーターのワイヤーがないんだ？」

一般的なエレベーターであれば、ワイヤーの牽引《けんいん》によって籠《かご》が上下するはずなのである。

そうでないとするなら、動力は――。

「あ」

起死《きし》回生《かいせい》のアイディアが、キルアの中に生まれた。

※

ゴンとキルアが餓鬼《がき》相手に死闘《しとう》を演じていたのと同じ頃——。

生ゴミを満載したリフトから顔を出した男が、久方《ひさかた》ぶりの新鮮な空気を肺に満たしているところだった。

「あー、いい風だぜ……」

レオリオを乗せたゴミ運搬《うんぱん》用リフトは、地下からノンストップでこの場所へと移動してきた。リフトから這《は》い出て、レオリオはようやく自由の身を満喫《まんきつ》する。

「んで、ここは一体どこなんだ？」

マンホールに落とされたり銃やボウガンで狙《ねら》われたりした挙句《あげく》に、今度は生ゴミと共にミステリーツアーである。今日は完全な厄日《やくび》に違いない。

「建物の中だよな。天空闘技場《てんくうとうぎじょう》か……？　そういや、なんで風なんか吹いてんだ？」

周囲を見回してみれば、壁が崩れ、瓦礫《がれき》が散乱している箇所《かしょ》があった。

ここは天空闘技場の五十階。壁に開いた大穴は、ゴンの右拳《グー》によるものなのだが、そんなことはレオリオにはわからない。

穴から顔を出し、下を覗《のぞ》きこむ。

「高《たけ》えな……」

レオリオは、ごくりと唾《つば》を飲みこんだ。

視界に見える街並みの大きさからすれば、このフロアは五、六十階くらいのようだ。

「のわあっ⁉」

と、レオリオは突然体勢を崩してしまう。

風に煽《あお》られたわけではない。上から何かに背中をつかまれ、引っ張り上げられているのだ。

「な、なんだああっ⁉」

レオリオの身体《からだ》は、ロープで引っ張られるように数フロア分を一気に上昇する。

ようやく止まったと思ったら、そこには、絶対に顔を合わせたくない類《たぐい》の男の顔があった。

「やあ♣」

「ヒ、ヒソカ⁉」

外壁のでっぱりに腰を下ろし、ヒソカが不吉な笑《え》みを浮かべていた。

この男の指先から伸びるゴムひものようなオーラが、レオリオをここまで引っ張り上げたらしい。

さて、この殺人鬼《さつじんき》めいた奇術師《きじゅつし》は、自分を捕《つか》まえてどうするつもりなのか。

「うおわあっ⁉　離せ！　すぐ離せ！」

「え？　いいのかい？」

落ち着いて眼下《がんか》を見下ろしたレオリオは、そう言えばここが数百メートルの高さだったことを思いだす。今このオーラのゴムひもを背中から離されたら、確実に一巻の終わりだ。

「うわあああああっ⁉　ダメだ！　離すな！　絶対離すなああっ！」

慌《あわ》てふためくレオリオの様子《ようす》に、ヒソカがため息をつく。

「中はうるさいからここにいたんだけど……キミのほうがうるさいねえ♠」

オーラのゴムひもを伸縮《しんしゅく》させたり振り回したり、ヒソカは宙に浮いたレオリオの身体を弄《もてあそ》び始めた。

「つーか、お前なんなんだよ！　お前は一体何がしたいんだよ⁉」

「ボクかい？　ついさっきまでは雑魚掃除《ざこそうじ》という名のお楽しみ♦　今はまあ、それも飽《あ》きちゃったし、強《し》いて言えばカード集めに夢中かな♥」

「カード？」

ヒソカは空《あ》いた片方の手で器用にトランプを広げて見せた。スペードとクローバーのエースだ。

「ツーカードよりもスリーカード……スリーカードよりもフォーカードの方が強い♣」

いつの間にかヒソカの手には、四枚のエースが揃《そろ》っていた。

だがまさか、こんな手品を見せるためにレオリオを拉致《らち》したわけではあるまい。

「だからなんだってんだよ」

訝《いぶか》しげに唸るレオリオを見て、ヒソカは不気味《ぶきみ》に口元を歪《ゆが》めた。

「……カードが揃うと、ゲームが何倍も楽しくなるんだよ?」

相変わらずこの男は、何を考えているのかさっぱり理解できない。

「……じゃ、行こうか♣」

「え?」と首をかしげる間もなかった。

ヒソカが上空に向かって指先のオーラを飛ばした瞬間、それに引っ張られるようにレオリオの身体も真上に急上昇し始めたのだ。

「のわああああああああああああああ――――っ!?」

時速にしておよそ数百キロの空の旅。顔面が歪みそうになるくらいの風圧の中、レオリオは思った。

やっぱり今日は厄日だ、と。

※

餓鬼《がき》と少年たちのエレベーターシャフト内での闘《たたか》いは、コントロールルームの修羅《しゅら》によっても把握《はあく》されていた。

「ほう……餓鬼相手に善戦するものだな、あの子供たちも」

あそこで闘っている少年たちは、明らかにバトルオリンピアの闘士《とうし》たちより格上の戦闘《せんとう》能力を持っているように見える。

怨《オン》に目覚めた餓鬼ならば、いかなる敵であれ軽く片づけられるものと思っていたが、どうやらそう一筋縄《ひとすじなわ》ではいかないらしい。

「そして、もう一人やってきたか」

修羅は背後に気配を感じ、ゆっくりと振り返る。

戸口《とぐち》に立っていたのはスーツ姿の青年だ。彼もまた怨《オン》使いの闘士たちを蹴散《けち》らし、ここまで来たのだろう。だというのに、その端正《たんせい》な顔には汗ひとつかいていない。

青年は両手に二節《にせつ》の棍《こん》を構《かま》え、修羅を睨《にら》みつける。

「……貴様《きさま》がセキュリティを奪った者か」

「いかにも。しかしなんだな。このバトルオリンピアという場所は、選手より観客の方が強いものなのか？」

そんな修羅の軽口を無視するように、青年は無言で武器を構え、床を蹴《け》った。

疾風《しっぷう》の速度で振り下ろされる、青年の棍。

修羅はそれを両手で器用に捌《さば》くと、無防備な腹部に向けて蹴りを放った。

が、敵もその攻撃は読んでいたのだろう。棍の攻撃が止められた時点で即座に距離を取り、修羅のつま先は空《くう》を切った。

なるほど、軽々と闘士たちを倒してきたというだけはある。

「戦いながらでも、セキュリティの操作は維持できるようだな」

青年はコントロールルームの機器を見渡しながら、口を開いた。

「お前は、天空闘技場《てんくうとうぎじょう》のシステムを自在に操る操作系能力者。制圧されたこの状態をリセットするには、息の根を止めるしかないと言うわけか」

「操作系……か」

修羅は、冷たく青年を睨みつける。

「貴様らの底の浅い念《ネン》能力で、奥深い怨《オン》能力を推《お》し量《はか》るのは筋違《すじちが》いというものだぞ?」

「確かに、得体《えたい》の知れない能力のようだな。……怨《オン》というのは初耳だが、手合せして、ひとつわかったことはある」

「ほう?」

「お前は、イムニ族だな?」

射抜《いぬ》くような青年の瞳が、修羅を見据《みす》えた。

たった一瞬の立ち回りだけで、それをイムニ族の体術《たいじゅつ》であることを見抜く者がいるとは思わなかった。修羅は内心、青年の博学《はくがく》ぶりに驚嘆《きょうたん》する。

「イムニ族の顚末《てんまつ》については私も知っている。それが、一部の悪徳政治家とハンターによって仕組まれたものだということもな。いたましい話だ……」

青年は少しだけ目を伏せる。真実、憐憫《れんびん》の情を抱《いだ》いているのだろう。

だが、そのことが逆に修羅の神経を逆なでした。たった一夜で村を壊滅《かいめつ》させられた怨《うら》みは、何も知らぬ第三者にはわかるまい。

「憐《あわ》れみなどいらん……！」

修羅のオーラがドーム状に膨《ふく》れ上がり、部屋中に広がる。

オーラは眼前の青年をも包みこみ、その身体《からだ》に絡《から》みついた。

「………!?」

青年は怪訝《けげん》な表情を浮かべた。このオーラにまとわりつかれても、何ら実害はない。そのことが不思議なのだろう。

修羅は、淡々と能力を発動する。

「〝物真似鳥《ジェイプシフター》〟――」

左手を掲《かか》げると、部屋中に広がっていたオーラが収縮し、修羅の傍《かたわ》らに集まった。

オーラは凝固《ぎょうこ》しはじめ、次第《しだい》に人型《ひとがた》を成《な》していく。

「なっ――!?」

青年は、驚きに目を見開いた。

でき上がったオーラの造形《ぞうけい》は、二節の棍を手にしたスーツの人物――。この青年と鏡写しのように瓜二《うりふた》つの姿だったのだから。

「ほう。お前、クラピカというのか。あのクルタ族の生き残りとはな」

修羅の〝物真似鳥《ジェイプシフター》〟は、オーラで包んだ相手の身体情報や記憶を解析《かいせき》し、コピーを作り

The LAST MISSION

出す能力なのである。

クルタ族の青年――クラピカは、ここで初めてあからさまな狼狽《ろうばい》を見せた。まさか自分の出自《しゅつじ》が見抜かれるとは思っていなかったのだろう。

「クルタ族特有の、激しい感情の昂《たか》ぶりによる〝緋の目《ひのめ》〟化現象は、怨《オン》能力の参考になったとジェド様が仰《おつしや》っていた」

「なんだと……⁉」

緋の目という単語を出した瞬間、クラピカがぴくり、と震えた。

この男の記憶を解析したところ、その大部分は幻影旅団《げんえいりよだん》による同胞《どうほう》の虐殺《ぎやくさつ》と、緋の目の簒奪《さんだつ》というトラウマによって支配されていた。ゆえに、それを刺激してやれば隙《すき》などいくらでも作ることができるのだ。

硬直《こうちよく》するクラピカに向けて、容赦《ようしや》なく偽者《コピー》の棍が振り下ろされた。

「しまった……⁉」

慌《あわ》てて防御《ぼうぎよ》の姿勢を取るクラピカだったが、速く鋭い棍の一撃が、ガードしたクラピカの左腕に叩《たた》きこまれる。ごきり、と鈍い音が室内に響き渡った。

致命傷《ちめいしよう》でこそないものの、あの強烈な当たりからすれば、左腕はもはや使い物にならないだろう。

「この威力《いりよく》……強化系……⁉」

不思議そうな表情で、クラピカは自分のコピーを睨《にら》みつけていた。

「この偽者《にせもの》はお前のオーラで動かしているもののはず……。操作系能力者の一撃が、こんなに重いはずがない……！」

「言っただろう。怨《オン》の力は、念《ネン》能力の範疇《はんちゅう》にはくくられない。潜在能力《せんざいのうりょく》を超《こ》える力を行使する者に、不得意系統など存在しないのだ」

修羅がクラピカを見下《みくだ》すように言う。

怨《オン》の力は、人間の魂《たましい》を怨《うら》みに委《ゆだ》ねることを対価に、本来念《ネン》能力では辿《たど》りつけない境地に至る禁術《きんじゅつ》。いわば念《ネン》における〝制約と誓約《せいやく》〟の発展系というべきものである。

怨《オン》を得た者は、死ぬまで精神《こころ》が復讐《ふくしゅう》に取り憑《と》かれ、二度と心の安息《あんそく》を得られない復讐鬼《き》と化す。だがその一方、生命エネルギー《オーラ》を操《あやつ》る術においても、並の人間の範疇からは逸脱《いつだつ》することになる。

具体的に言えば、オーラの総量が倍加するうえに、〝発《ハツ》〟の得意系統という軛《くびき》からも解放されるのだ。

「すべての系統の能力を自在に操る力……それが怨《オン》！」

修羅は本来、機械いじりが得意な自分の系統は、操作系に属するものと考えている。

だが、怨《オン》能力者に得意系統の区別は必要がない。その気になれば修羅は、念《ネン》における強化、具現化、変化、操作に相当する能力を自由に使うことができるのだ。

ジェドから怨《オン》を得るにあたって、『精神が死ぬまで復讐に囚《とら》われる』というリスクがあることは知らされていた。だが、もとより命がけでハンターに復讐を誓《ちか》っている修羅にとっては、そんなものは足枷《あしかせ》にもなりはしなかったのである。

「なるほど、そういうことか」

クラピカが静かに修羅を見据《みす》えた。

こころなしか彼の瞳の色が、血のような緋《あか》に染まっていくのがわかる。

「緋の目だな」

この青年は、訓練によって怒りによらずとも緋の目を発現《はつげん》させることができる。そのことは、先ほど記憶を覗《のぞ》いた修羅もよく知っていた。

クラピカは右手に鎖を具現化させると、それを左腕全体に巻きつけた。

暖かな強化のオーラが彼の腕を覆《おお》い、骨折が瞬時に回復していく。

「〝癒す親指の鎖《ホーリーチェーン》〟」

「ふむ。貴様も、緋の目の間はオーラの絶対量がすさまじく上昇するのだな。面白《おもしろ》い……！」

修羅の作った偽者《コピー》の瞳もまた緋色《ひいろ》になるのを見て、クラピカは驚きに目を見開いていた。

第4章 激闘

エレベーターシャフト内における格闘《かくとう》は、圧倒的に餓鬼《がき》が優勢な状況であった。

「ぐうっ……⁉︎」

餓鬼の重いボディーブローが腹部に突き刺さり、ゴンは思わず鉄骨の足場に膝《ひざ》をつく。

離れれば放出系の火炎弾《だん》、近づけば強化系のインファイト。

この男には、まるで隙《すき》というものを見出《みいだ》すことができないのだ。

「お遊びはここまでだぜ」

餓鬼は鉄骨から飛び上がると、右手に火球《かきゅう》を生み出した。動けなくなったゴンを、炎弾《えんだん》で焼き尽くすつもりなのだろう。

「できればこんな寂しいところじゃなく、満員御礼のリングの上でとどめをさしてやりたかったがな……！」

少し残念そうな顔で、餓鬼がゴンを見下ろした。

――まずい、このままじゃ……！

と、そのときだ。

下方《かほう》から、轟音《ごうおん》と共に、何かが高速でせり上がってきた。

「なにいいいっ⁉」

餓鬼が下を向いたときには、もう遅かった。

巨大な立方体が、勢いよく餓鬼の身体《からだ》を突き上げたのである。

「ぐおおおおおおおおおおおおっ⁉」

それは、昇降機《しょうこうき》だった。

天空闘技場《てんくうとうぎじょう》のエレベーターは、九百九十一メートルを、わずか一分たらずで移動する。

さすがの餓鬼も、それだけの速度で移動する鋼鉄の籠《かご》を止めることはできず、籠の上部に張りついたまま最上階へと運ばれて行った。

「なんでエレベーターが……？」

ゴンが首をかしげていると、シャフトの上方からキルアが降りてきた。

「大丈夫か、ゴン！」

器用《きよう》に壁を蹴《け》り、キルアはゴンの隣へとやってくる。

「なんか、見るからに苦戦してた感じだけど」

「へへ……まあね。あいつ、強いよ」

ゴンは、よっこいしょ、と立ち上がる。まだ腹部のダメージは残っているが、闘《たたか》えないほどではないだろう。

「それより、今のキルアの仕業《しわざ》でしょ？　どうやってエレベーターを動かしたの？」

「ああ。このエレベーター、リニア式らしい。電磁石《でんじしやく》で動くんだ。シャフト内の通電部を探し当てて磁力を操作してやれば、結構《けっこう》簡単に動かせるんだぜ」

と、キルアは指先に念《ネン》の電気を発生させながら、得意げな顔で笑った。

「りにあしき……?」

説明にピンとこなかったゴンは、ぽかん、と口を開くしかなかった。

なんだかよくわからないが、キルアが電気でなんとかしたということなのだろうか。

やれやれ、とキルアがいつものようにため息をついていると、上から炎の矢が降ってきた。

「は――はっは!」

聞こえてくるバカ笑いは、あのモヒカン男のものだ。

餓鬼が両手から炎の矢を連射《れんしゃ》しながら、すごいスピードで落下してくる。

自力で上昇するエレベーターから脱出したのか、仲間に助けられたのかはわからないが、さきほどのエレベーターによる不意《ふい》打ちでは、餓鬼を仕留《しと》めることはできなかったらしい。

呆《あき》れるほどにタフな男だった。

「キルア!」

「大丈夫、まだ策がある!」

キルアは炎の矢を避けるようにシャフト内に身を躍《おど》らせた。

落ちてくる餓鬼を迎撃《げいげき》しようと、内壁を蹴ってその目の前に飛びこんだのだ。

「ぬっ……⁉」

パワーはともかく、スピードは若干《じゃっかん》キルアの方が上のようだ。

キルアが正面から叩《たた》きこんだ手刀《しゅとう》によって、餓鬼の身体は壁へと吹き飛ばされた。

餓鬼は背中から内壁に激突し、シャフト中に、どん、と衝撃が響き渡る。

だが餓鬼は、いまだ余裕の笑《え》みを浮かべていた。

「てめえらの攻撃なんざ、屁《へ》でもねえって言ってんだろ！」

怨《オン》のオーラに守られた餓鬼の肉体には、傷一つついていなかった。

すかさず立ち上がり、キルアに反撃の拳《こぶし》を加えようとした餓鬼だったが、

「な、なんだこりゃ……⁉　動かねえ⁉」

餓鬼の両腕は縫《ぬ》いつけられたように壁に密着しており、動きたくても全く動かせない状況に陥《おちい》っていたのである。

「じゃ、ゴン。あとはよろしく」

笑顔を浮かべて、キルアが餓鬼から離れた。

「くそおおおっ！　バカなああっ！　なんで動かねえんだあああっ！」

しかし餓鬼がどんなに吠《ほ》えようとも、両腕は固定されたままピクリとも動かない。

ゴンは鉄骨を蹴り、無防備な餓鬼の正面に飛びこんだ。

「最初はグー！　ジャンケン――」

「ちぃいっ……！」

ゴンの右拳に集中する莫大《ばくだい》なオーラを見て、さすがの餓鬼も焦《あせ》りを見せている。

ゴンは、思い切り拳を振りかぶり、ありったけのオーラを餓鬼の腹のど真ん中へと叩きこんだのである。

「グウウウウウウウウウウウウウウウウウウ――――！」

怨《オン》のオーラによる防御も、さすがにゴンのグーには敵《かな》わなかったらしい。

超弩級《どきゅう》の衝撃を受けた餓鬼は、背後の壁を粉々に砕きつつ、血を吐いた。

「が……はっ……！」

壁の向こうに広がる廊下に、餓鬼は仰向《あおむ》けに倒れる。あれだけタフだったこの男も、とうとう戦闘不能に陥《おちい》ったのだった。

「な、なぜだ……どうやってオレの動きを止めた……？」

ゴンのあけた大穴を潜《もぐ》り、シャフトの外へ。

倒れた餓鬼の傍《かたわ》らに立ち、キルアが「それは」と口を開いた。

「あのリニアは、壁のレールの電磁石の軌道《きどう》と、本体に取りつけられた永久磁石で動く仕掛けになってるっぽいんだよね。……んで、永久磁石だけ取り出して、そこの壁に仕こんどいたってわけ」

The LAST MISSION

「あとキルア、さっきの手刀のときも何かしてたよね」

そう。キルアの攻撃は、単に餓鬼に手刀を浴びせるのが目的ではなかった。

餓鬼が腕に嵌《は》めていた金属製の腕輪にこっそりとオーラの電流を通し、それを即席《そくせき》の電磁石へと変えたのである。

キルアが壁に仕掛けておいたのは、重さ数百キロの昇降機《かご》を支える永久磁石。

電磁石となった餓鬼の腕輪は、そこに強力な磁力で縫いとめられてしまったというわけである。

餓鬼が、悔《くや》しそうに舌打ちをしてみせた。

「くそっ……いつの間に……！」

「お前がゴンの相手ばっかしてっからだよ。二対一なんだから、少しはオレの方にも気を配ろうぜ、オッサン」

「二対一なんざしまらねえ……！　タイマンの方がバトルって感じだろうが……！」

悔しげに呻《うめ》く餓鬼に、キルアは「何言ってんだコイツ」とでも言いたげに首をかしげた。

だが、ゴンには何となく、この男の言いたいことがわかる気もする。

「……お前ら、バトルオリンピアの出場者か？」

「ううん。出るのはオレたちの友達。ズシっていうんだ」

「お前がさんざんいたぶってくれた、あのイガグリ坊主だよ」

そっけなく言うキルアの言葉に、餓鬼は得心《とくしん》したように頷《うなず》いた。

「そうか。……なかなかいい肘《ひじ》を決めてくれたぜ、アイツ。荒削《あらけず》りだけどよぉ、鍛《きた》えりゃもっと強くなるだろうな」

敵に友達が褒《ほ》められるというのは複雑な気分だったが、ゴンはなんだか少し嬉しくなって、ふと笑みをこぼしてしまった。

キルアも同じ気持ちなのか、そっぽを向きつつ、

「あんたの体術《たいじゅつ》もなかなかだったぜ、オッサン」

などと言う。

「うん！　こんな悪いことしないで、バトルオリンピアに出てたらよかったのに」

「そうだぜ。あんたくらい強けりゃ、楽に優勝してんだろ」

二人の顔を見て、餓鬼は「けっ……」と目を伏せた。

どこか寂しそうに笑うこの男も、本当はまっとうなリングの上での試合に憧《あこが》れていたのだろう。次に会うときは、もっと楽しそうに闘う彼の姿を見てみたい——。ゴンはそんな風《ふう》に思った。

しかし、そんなゴンの思いとは裏腹に、

「ぐうう……うっ……！」

突如《とつじょ》、餓鬼が胸を押さえて苦しみだした。

「ど、どうしたの？　やりすぎちゃった？」

「ち、違う……そうじゃねえ……！　あの方が……くそっ……！　こういうことかよ……！」

何が起きたのか、餓鬼は真っ青な顔でぶるぶると身を震わせている。心なしか、彼を包む黒いオーラが膨《ふく》れ上がっていくような気がする。

血走った目を見開き、真面目《まじめ》な表情でゴンとキルアに叫んだ。

「——てめえら逃げろ！」

「え……？」

ゴンがきょとん、としていると横合いからキルアがその手をつかむ。

餓鬼の異常な状態の原因を察《さっ》したのか、キルアも切羽《せっぱ》つまった表情をしている。

「ゴン！　いいから逃げろ！　オッサンはもう助からねえ！」

「そんな……!?」

キルアに手を引かれ、廊下を走る。

後ろ髪を引かれるように、振り向くゴン。

一瞬だけ目が合った餓鬼は、ゴンに何かを言いかけたが、その言葉がゴンに伝わることはなかった。

黒い閃光《せんこう》が、はじけた。

怨《オン》のオーラが、餓鬼を中心に数十メートルにまで広がったところで、大爆発を起こしたのだ。

「…………っ……⁉」

激しい爆音が轟《とどろ》き、餓鬼の肉体は細切《こまぎ》れの肉片《にくへん》となって周囲にはじけ飛んだ。爆発の余波が、遠く離れたゴンたちまで焼き尽くすかのように襲ってくる。

二人は目を閉じ、なんとか衝撃をやり過ごした。

「なんで……だよ……！」

足元に、血まみれの腕輪が転がってくる。廊下を覆《おお》う白煙《はくえん》に咳《せ》きこみつつ、ゴンはそれを拾《ひろ》い上げた。

「……死ぬ前にオッサン、『あの方』がどうのって言ってただろ。きっと、ジェドってヤツに爆弾みたいな能力を仕掛けられてたんじゃねえのかな……？」

淡々と語るキルアだったが、その目はどこか哀《かな》しげな色をたたえていた。

餓鬼が死ななければならなかった理由が、怨《オン》の秘密を守るためだったのか、それとも敵に懐柔《かいじゅう》されることを防ぐためだったのか、それはわからない。

だがゴンの胸は、やるせない思いでいっぱいだった。

「わかんないよ……。アイツの仲間だったんでしょ……！　仲間だったのに、なんで……！」

「…………」

キルアは何も応《こた》えず、じっとゴンを見つめている。

腕輪を握りしめ、ゴンは慟哭《どうこく》した。

「許せない……！　仲間をこんな風《ふう》に使い捨てるなんて、絶対に許せないっ……！」

ゴンは顔を上げ、天井を見つめる。

目指《めざ》すは上のフロアだ。

この敵は、必ず止めなければならない。

※

「逝《い》ったか、餓鬼《がき》……」

モニターから目を離し、修羅《しゅら》が俯《うつむ》き加減《かげん》に目を閉じた。

煉獄《れんごく》は命と引き換《か》えにネテロを捕《と》らえ、餓鬼は少年たちとの闘《たたか》いに敗《やぶ》れて死んだ。

残るは、もう自分一人だ。

「あいつらのためにも、必ずハンター共《ども》に復讐《ふくしゅう》を果たしてやる……！」

拳《こぶし》を握りしめる修羅の背後で、どさり、という音が響いた。

「はあ……はあ……！」

振り向いて見れば、偽者《にせもの》のクラピカが棍《こん》に胸を貫《つらぬ》かれ、床に倒れていた。激しい戦いの末、勝ち残ったのは本物の方らしい。

動かなくなった偽者は、元の不定形《ふていけい》のオーラに戻り、その場で霧消《むしょう》する。

だが、本物のクラピカもダメージは深刻《しんこく》なようで、

「ぐうっ……」

その場に膝《ひざ》をついてしまった。

それも当然である。記憶も技も力も全く同じ偽者《コピー》と闘えば、相打《あいう》ちになるのが道理《どうり》というものだろう。

息を荒らげるクラピカに近寄り、修羅は口を開く。

「貴様《きさま》はなぜ、我らと敵対《てきたい》するのだ……？　貴様もクルタ族の生き残りならば、オレと同じ復讐者としての怒りを糧《かて》に生きているのだろう？」

緋色《ひいろ》の目が、修羅を見上げた。

その瞳にどこか親近感を覚えながら、修羅は話を続ける。

「貴様の底にある、同胞《どうほう》の命を奪われたことへの怒り、そして奪ったものへの憎しみ……。それは我らと同じものだ……！」

「……違う！」

クラピカは必死に、傷ついた身体《からだ》で立ち上がろうとしている。

「何が違うものか……！　オレは知っているぞ。故郷から遠く離れた地で、家族も友達も

生きたまま眼をくり抜かれたことを知ったときの、貴様の無力感を……！」

修羅は、自分の声に熱がこもるのを感じた。

「オレだって同じだ。親を目の前で拉致《らち》され、人体実験場に送られるのを止めることができなかったのだ。あの日のオレにできたのは、弟と妹を守って逃げることだけ……。もしあのときオレにこの怨《ちから》があればと、何度考えたかわからない……！」

修羅の話に感じるところがあったのか、クラピカの肩が下がり、その紅《あか》い瞳が次第に鮮やかさを失っていく。

「なに、そんな……！」

「〝緋の目〟が消えつつあるということは、少しは理解をしてくれた、というわけだな……」

修羅はクラピカの前に跪《ひざまず》き、その黒みがかった茶色の瞳をじっと見つめた。

「……殺すには惜しい。仲間にならないか？　我らと同じ『怨《オン》』の住人に……」

このクルタ族の青年の能力と憎しみは一級品である。ジェドから怨《オン》を授《さず》かれば、きっと素晴らしい戦士になるに違いない。

しかしクラピカは、一瞬たりとて躊躇《ちゅうちょ》することなく、こう言い放った。

「断《ことわ》る……！」

クラピカは強い眼光《がんこう》で、修羅を睨《にら》みつける。

「私は、平気で人質《ひとじち》を取ったり罪もない人間を殺したりしてまで、復讐を遂《と》げたいわけではない」

「そうか……。ならば死ね……！」

修羅は右手にオーラを集中し、クラピカの首をつかみあげた。オーラを使い果たしたこの男の首の骨を折るなど、赤子の手を捻《ひね》るよりも容易《たやす》いことだ。

「ぐう……うう……」

骨がきしみ、クラピカの口から苦悶《くもん》の声が漏《も》れる。

優秀な復讐者であっても、こちらに恭順《きょうじゅん》しないのであれば生かしてはおけない。

「ハンターは死すのみ、だ」

修羅が右手に力をこめようとしたその刹那《せつな》。こちらを目がけて、ひゅん、と飛来《ひらい》してくるものがあった。

それは、投擲《とうてき》された一振りのナイフ。

「……？」

修羅はクラピカの首から右手を放し、ナイフを叩《たた》き落とす。

どうやら、この部屋に無粋《ぶすい》な邪魔者《じゃまもの》が入ってきたらしい。

「クラピカあああっ！」

濃紺《のうこん》スーツに丸メガネの大柄《おおがら》な男が、こちらに向かって走ってきた。

The LAST MISSION

修羅が盗んだクラピカの記憶によれば、レオリオという名の仲間らしい。確かあの間抜け面《づら》、餓鬼がマンホールに蹴り落とした男ではなかったか。

「おい、しっかりしろ！　クラピカ！」

レオリオはクラピカを抱き起こし、その両肩を揺すっている。

クラピカが咳《せ》きこみつつも目を開いたのを見て、レオリオは、ふう、と息をついた。

「つーかアイツ、なんなんだ？　得体《えたい》の知れねえオーラを使うみてえだが……」

「〝怨《オン》〟だ……」

息も絶《た》え絶《だ》えに、クラピカが答えた。

「奴は、仲間たちの復讐に囚《とら》われている……」

「復讐……？」

「ああ、そうだ。私と同じように……！」

レオリオが、修羅に訝《いぶか》しげな視線を送った。

修羅は右手のオーラをぐっと握り、二人を見下ろして言った。

「彼の言うとおりだ。我らは、ハンターへの復讐のためにすべてを捨て、この力を得た存在……。たとえ共に育った兄妹を犠牲《ぎせい》にしようとも、我らは復讐を果たすと誓った……！」

クラピカを見つめるレオリオの視線に、力がぐっと籠《こも》った。

「ふざけたこと言ってんじゃねえぞ、クラピカ……！」

「なに……？」

「お前とあいつは全然同じじゃねえよ！　少なくともお前は、自分の復讐のために仲間を犠牲になんかしねえだろうが！」

レオリオの叫びに、クラピカは目を丸くした。

「いいか？　お前が怨《うら》みでねじ曲がっちまうなんてことはありえねえ！　仮にそうなっても、オレや、ゴンや、キルアがいるだろーが！　オレたちがテメエのしけた面《つら》ぶん殴《なぐ》って、目を覚《さ》まさせてやるってんだよ！」

「レオリオ、お前は……」

俯《うつむ》き加《か》減《げん》のクラピカが、何事かを口ごもる。

「ああ？　聞こえねーよ、クラピカ！　やっぱ一発ぶん殴って、目ェ覚《さ》まさせてやろうか⁉」

「ふっ……お前に殴られるほど、落ちぶれちゃいないさ」

クラピカが膝《ひざ》に力をこめ、すっくと立ち上がった。レオリオの檄《げき》のせいか、心なしかその視線とオーラに、力強さが戻ったようだ。

「ほう……その身体で動けるか」

「私は新しい仲間を得た。今は、その仲間のために戦う……！」

再び二《に》節《せっ》棍《こん》を構え、修羅をぐっと睨みつける。

「いいだろう。その仲間ごと、血祭《ちまつり》にあげてやる……！」

修羅は右手を包むオーラを強化し、一足飛《いっそくと》びでクラピカの懐《ふところ》に入りこんだ。しぶとく立ち上がるというのなら、この拳《こぶし》で何度でも倒すのみだ。

「あぶねえ、クラピカ！」

クラピカの顔面を狙った拳は、割って入ってきたレオリオの胸板に直撃する。レオリオは「うぐおおおぉっ⁉」と苦痛に顔を歪《ゆが》めたものの、なんとかその場で踏みとどまったようだ。

「へ、へん……！　怨《オン》ってのはこの程度かよぉ⁉」

目を涙で滲《にじ》ませながら、レオリオが吠《ほ》えた。

明らかに強がりだとしか思えない台詞《せりふ》だったが、この男、人一倍根性だけはあるらしい。

修羅にとって、こういう手合いは厄介《やっかい》だった。どうしても、弟の餓鬼を思い出してしまうからだ。

感傷《かんしょう》に浸《ひた》るのは、この男をやった後で十分……！

「まずは貴様から倒させてもらうぞ、レオリオとやら……！」

「げっ⁉」

修羅のオーラを見て、レオリオが額《ひたい》に汗をにじませる。

果敢《かかん》にファイティングポーズを取り、こちらに立ち向かおうとしているレオリオだったが、この程度の使い手ならば怨《オン》の敵ではない。

修羅は床に落ちていたナイフを拾い上げると、それをレオリオに向かって投擲《とうてき》する。

「死ねえっ……！」

しかし、ナイフはレオリオの首筋に突き刺さる前に、空中で鎖によって絡《から》め取られてしまっていた。ナイフの軌道《きどう》を読み取った〝導く薬指の鎖《ダウジングチェーン》〟が、自動的に仲間の防御を図《はか》ったのである。

クルタ族の鎖使いは、冷たい視線で修羅を睨みつけた。

「私を忘れてもらっては困る……！」

「二人同時にかかってくるか。いいだろう……！」

修羅は両手を広げ、指先からオーラの糸を発した。糸は天井へと到達し、吊り下げられた金属製の砲座《ほうざ》に絡《から》みつくと、その細部へと侵入した。

「〝機械に巣食う棘《マシンイーター》〟……。この部屋のセキュリティガン《セキユリテイガン》は、オレの僕《しもべ》と化す」

修羅が糸を通じ、念じると、三丁の機関銃の銃口《じゅうこう》が、レオリオとクラピカを捉《とら》えた。

「な、なんだあ!?」

「気をつけろ、ヤツは機械を自在に操る！」

間髪《かんはつ》入れず、セキュリティガンの銃口から、秒間二十発の高速連射が二人に降り注《そそ》いだ。

レオリオとクラピカは慌《あわ》ててその場を飛びのいたが、三つの銃口は逃げる二人を追うように射角《しゃかく》を変え、再連射を始める。

甲高《かんだか》い連射音と共に、壁や床に火花が飛び散り、モニターが何枚も穴だらけになった。

「どうだ⁉　手出しはできまい！」

この部屋のセキュリティガンは、今やすべて修羅の手足同然である。

しかも直接オーラの糸で有線接続している分、弾丸《だんがん》もオーラで強化されているのだ。生《なま》半可《はんか》な防御ならば貫通《かんつう》し、即致命傷《ちめいしょう》に至るだろう。〝操作〟と〝強化〟の複合能力。通常の念《ネン》能力者には真似《まね》のできない芸当である。

「くくく……いいぞ、必死で逃げてみせろ！」

「ちっ……厄介《やっかい》な能力だぜ！」

縦横無尽《じゅうおうむじん》に室内を飛び交《か》う銃弾《じゅうだん》の嵐に、クラピカとレオリオはただ逃げ回るだけで精一杯のようだ。

弾丸は鉄をも穿《うが》つほどに強化されており、机や電子機器を盾《たて》にすることもできない。ゆえに、彼らは必死に移動を続ける以外に生き残る術《すべ》はないのだ。

だが、それも長くは持つまい。

このまま逃げ続けても、いつかは疲弊《ひへい》するときがくる。そうして足を止めたときが、彼らの最後――！

「どうした。二人がかりと言ってもその程度か……⁉」

「残念、二人じゃなくて三人でした♣」

突然、修羅の死角《しかく》から男の声が響いた。

底冷《そこび》えのするような、死の気配をまとった声色《こわいろ》だった。

「貴様、いつからそこに……⁉」

「結構前からいたけどね……♠　ボクの〝絶《ゼツ》〟、完璧《かんぺき》だったでしょ？」

男は、ニヤリ、と笑《え》みを浮かべる。

この不吉な雰囲気を漂わせる男の名は、ヒソカ。クラピカの記憶には、決して油断《ゆだん》のならない奇術師、として刻まれている男である。

「ならば、貴様もまとめて蜂《はち》の巣《す》にするだけだ……！」

修羅は、天井のセキュリティガンのうち一丁をヒソカに向け、強化弾丸を放った。

しかしどういうわけかこの男、一切《いっさい》避けようともせず、不気味《ぶきみ》に笑みを浮かべるだけである。

「そうくると思ってたよ♥」

ヒソカに降り注いだ銃弾は、この男のすぐ目の前のところですべて停止していた。

いや、停止していたわけではない。よく見れば、銃弾は粘着性《ねんちゃくせい》の膜《まく》のようなオーラに阻まれ、停止させられていたのである。

「〝伸縮自在の愛《バンジーガム》〟は、ゴムとガムの性質をあわせ持つ……♣」

「なにっ……!?」

オーラの膜に突き刺さった銃弾が、大きく膜をたゆませた。伸びきったオーラの膜はまさにゴムのごとく、銃弾を勢いよく修羅の方へと弾《はじ》き返したのである。

まさか、この至近距離からこういう反撃をしてくるとは思わなかった。

とっさに怨《オン》による防御を図ったが、強化弾丸は〝伸縮自在の愛《バンジーガム》〟の反射によってさらに弾速《だんそく》を増し、修羅の右肩と両足を貫《つらぬ》いた。

「ぐっ――――!」

たまらず膝をついてしまう。集中力が途切《とぎ》れたことで、セキュリティガンの操作が解除された。

「今だ!　やっちまえクラピカ!」

「はあああああああああっ!」

隙《すき》を見てとったクラピカは、一本の棍を両手で構えて突き出す。

電光のごとき棍の刺突《しとつ》が、修羅を狙う。手負《てお》いの修羅には、それを回避することができなかった。

「ぐ……ぐうううぅっ……!」

ごぽり、と、口から血がこぼれる。

クラピカの棍が、修羅の胸を貫《つらぬ》いたのだ。

肺が潰《つぶ》されたのだろう。熱く燃えるような鈍痛《どんつう》が全身に走り、上手《うま》く呼吸をすることができない。傷口からは、溢《あふ》れるように血液が流れ出てくる。

「はあ……はあ……。これでもう、貴様は戦えまい」

冷酷《れいこく》に告げるクラピカ。

もはや修羅はそれに言葉を返すこともできず、うつ伏せに地面に倒れた。

床を赤く染める修羅の血に目を落とし、ヒソカが不満げにつぶやいた。

「なんだ、あっけないもんだね♠」

「つーかお前、いつの間にかいなくなったと思ってたら、急に現れて美味《おい》しいとこ持っていきやがって……」

レオリオが苦笑《くしょう》交《ま》じりにため息を一つもらし、ヒソカに愚痴《ぐち》をこぼしている。

「面白《おもしろ》そうなバトルだと思ったから、ちょっと首を突っこんでみたんだけど……ボクが出るほどじゃなかったね♣　六十五点ってとこかな？」

修羅は苦痛を堪《こら》えつつ、口の端を歪《ゆが》める。

無様《ぶざま》に床に横たわるこちらの姿を見て、彼らは勝利を確信しているのだろう。

だが、怨《オン》の力は、この程度で敗《やぶ》れるものではない。

修羅は震える手で自分の懐《ふところ》を探ると、そこから一発の弾丸を取り出した。弾頭《だんとう》に特殊なギミックのついた、変わった形の弾丸である。

この血染《ちぞ》めの弾丸こそが、修羅の切り札だった。

最期《さいご》の力を振り絞り、修羅はありったけの怨《オン》をその弾丸にこめる。

「……はあああああっ！」

なんとか上体だけを起こした修羅は、振りかぶってそれを投擲《とうてき》した。オーラに包まれた弾丸が、クラピカに向けて高速で放たれる。

——貴様の怨みの力は、いただくぞ……！

「なっ——⁉」

背後の弾丸に素早く反応するクラピカだったが、それが着弾《ちゃくだん》するのを防ぐことはできなかった。まさか半死半生《はんしはんしょう》の修羅から、不意《ふい》打ちを受けるとは思っていなかったのだろう。その油断《ゆだん》が命取りになったのだ。

「……ぐうっ⁉」

クラピカの首筋に張りついた弾頭からは、針が飛び出し、体内にどす黒い液体を注入《ちゅうにゅう》している。とたんにクラピカは膝をよろめかせ、手にした棍を足元に取り落してしまった。

「貴様……⁉　何をした……！」

「くく……これで貴様は……もう、念《ネン》を使え……ない……！」

息を荒らげつつも、修羅は常軌を逸した笑みを見せる。

「こ、光栄に思え。その……ジェド様の血で、貴様は……怨《オン》に目覚《めざ》める……」

The LAST MISSION

「うぐううぅっ……⁉」

クラピカは胸を押さえ、その場にうずくまった。

ジェドの血を受けた人間は、怨《オン》に目覚める。

だがその際には、全身に激痛を伴《ともな》うものなのだ。纏《まと》う生命《オーラ》エネルギーを怨みの力で無理やり倍加《ばいか》させるのだから、身体に負担がかからないわけがない。

「クラピカ、おい！　大丈夫《だいじょうぶ》か⁉」

レオリオが慌《あわ》ててクラピカを抱きかかえる一方、ヒソカは「ふーん」と、他人事《ひとごと》のようにその様子《ようす》を眺《なが》めている。

修羅は、口元から溢《あふ》れる血を拭《ぬぐ》い、静かにクラピカに告げる。

「その怨みの力によって……復讐のためだけに生き、復讐のためだけに戦うがよい……」

「断る……！　私が……戦うのは……」

「貴様の意思など……もう関係ない。お、怨《オン》の制約を受け入れなければ……待っているのは死のみ……！」

必死に抗《あらが》おうとするクラピカだったが、とうとう痛みに耐えきれなくなったのか、ついに倒れてしまった。

自分がジェドの使命を全《まっと》うしたことを悟《さと》り、修羅は静かに目を閉じる。

——あとはどうか、あなた様の手で、完全なる復讐を……！

修羅の意識は、そうして闇《やみ》に沈んでいった。

※

ジェドのオーラが震え、屋上に置かれたコンテナ類が軋《きし》みをあげていた。

「……餓鬼《がき》の死が、そして修羅《しゅら》の怨《うら》みが、この私のさらなる力となる。お前たちの無念は晴らすぞ……！」

また一人、怨《オン》に魅入《みい》られた若者が命を落としたのだろう。

ネテロは、自分を磔《はりつけ》にしている少女の亡骸《なきがら》に目を落とした。

「こやつらにお主《ぬし》の血を与えることで、怨《オン》の虜《とりこ》にしたんじゃな……」

「そうだ。オレの血を得、自らの精神《こころ》を復讐《ふくしゅう》に染めるという制約を受け入れることで、こいつらは念《ネン》を凌駕《りょうが》する力を手に入れた」

ジェドは無表情のまま続けた。

「怨《オン》による制約は、念《ネン》よりも厳《きび》しい。自らの肉体、命さえも投げ出す覚悟が必要だからだ」

他人の怨《オン》を呼び起こす力を秘めた、ジェドの血。

相手のオーラを変質させるという点では、大別すれば変化系に分類される能力だが、その恐ろしさは単純な念《ネン》能力の基準で測れるものではない。

彼の血を身体《からだ》に受けた者は、選択を迫られることになる。

怨《オン》を受け入れジェドの配下《はいか》となるか、あるいは、抗《あらが》うことでジェドの怨《オン》に焼き尽くされるか。どちらにせよその人間はもう、普通の人間として生きていくことはできなくなる。

「ジェドよ。なぜその血をわしに使わなかった？」

「……貴様《きさま》だけにはオレの血は効《き》かない。そういう〝制約と誓約〟を立てたからだ」

ネテロが、じっとジェドを睨《にら》みつけている。

「もっとも怨むべき相手を、あえて能力の対象外とするというのは、己《おのれ》を危険にさらすという覚悟の証。その制約《リスク》の重さによって、オレはこの血に膨大《ぼうだい》な力を注《そそ》ぎこむことができるのだ」

「……不合理極《きわ》まりない能力じゃな。怨《オン》に囚《とら》われ、おかしくなったか」

ネテロが吐き捨てるように言う。

だがジェドは眉《まゆ》をひそめることすらせず、軽く笑《え》みを浮かべただけであった。

「なんとでも言え。だが、貴様には最期《さいご》まで正気《しょうき》を保っていてもらうぞ。……貴様が築き上げたハンター協会が滅びる様《さま》を、じっくりとその目に刻みつけてやる……！」

怪炎《かいえん》を上げるジェドの漆黒《しっこく》のオーラに、ネテロは息を呑《の》んだ。

※

ゴンとキルアがクラピカの姿を見つけたのは、二百三十階――コントロールルーム前の廊下だった。クラピカは苦しげな表情でソファーに横たわっており、その脇《わき》でレオリオが応急処置をしている。

ゴンはソファーに駆け寄ると、血と汗にまみれたクラピカの顔を覗《のぞ》きこんだ。

「クラピカ、何があったの⁉」

だが、クラピカは答えない。どうやら、会話もできないほど衰弱《すいじゃく》しているらしい。

代わりに口を開いたのは、意外な人物だった。

「どうやら、ジェドって人の血を打たれたみたいなんだ◆」

「ヒソカ⁉」

背後から声をかけられ、ゴンとキルアは同時に驚く。

そう言えば、この男もまた天空闘技場《てんくうとうぎじょう》の闘士《とうし》の一人だった。きっと、テロリスト相手に好き放題戦闘を楽しんでいたに違いない。

「怨《オン》を受け入れるか、さもなくばこのまま死ぬか……どうやら二つに一つらしいよ♣」

「そんな……」

ゴンの心配が通じたからか、クラピカがようやく薄目《うすめ》をうっすらと開いた。

「安心しろ……。私は怨《オン》など受け入れないし、このまま死ぬつもりもない……」

一言一言区切るように言葉を発するクラピカだったが、やはりそれでも苦しいのか「うっ」と顔を歪《ゆが》めた。

「クラピカ⁉　しっかり！」

「わ、私のことはいい……！　それより、人質《ひとじち》にされた人たちを救ってくれ……！」

「わかった。みんなのことは任《まか》せて！」

ゴンが、クラピカの手を握って、力強く告げる。

「――でも、クラピカも助ける！　だって、仲間でしょ⁉」

ゴンの言葉に、クラピカも少しだけ微笑《ほほえ》んだ。

キルアとレオリオも、やれやれ、と苦笑《にがわら》いを浮かべる。

「でも、クラピカを救うってことは、だ。ジェドってやつを倒すしかねえんだよな、きっと」

「ああ、きっとあいつは屋上だろうな。上の方からヤバイ雰囲気が伝わってくるし」

「そいつを倒せば、人質のみんなも助けられるよね」

頷《うなず》き合うゴンたちを見て、ヒソカがニヤリ、と笑《え》みを浮かべる。

「ふふ……カードが揃《そろ》うというのは、いつもいい気分だよ♥」

ヒソカが手にしているのは、四枚のトランプ。数字の揃ったフォーカードだ。

ゴンを見て、にっこり、と笑う。

「最強の敵を倒すなら、手段は選んでられない◆　ゲームに勝ちたかったら、切り札の使いどころを選ぶんだね♠」

ヒソカの言っていることの意味はよくわからなかったが、ゴンの中では、覚悟はとっくに決まっていた。

「たとえどれだけ相手が強くても関係ない！　どんな手段を使っても、絶対にジェドを倒す！　……だから、待っててね、クラピカ！」

苦しみつつ、クラピカがこくりと頷いてみせた。

「オレはここでクラピカを看《み》てる。お前ら、しっかりぶっ飛ばしてこいよ」

「うん！」

レオリオに頷き返し、ゴンとキルアはエレベーターホールに足を向けた。

「行こう、キルア！」

「ああ！」

※

闘技場《コロッセオ》のＶＩＰ《ビップ》席は、いまだマスクの男たちに占拠《せんきょ》されていた。

だいぶ前にマスクの一人に連れられて出て行ったガルシアも、なかなか戻ってこない。

おそらくは奴らに始末されたのだろう。

不穏《ふおん》な空気が漂うＶＩＰ席の中でセンリツにできることと言えば、耳を澄まし、同僚の身を案じることだけだった。

「クラピカの心音《しんおん》が不安定になってる……。何かあったのかしら……?」

他のフロアを移動しつつ、クラピカが敵と交戦《こうせん》していたのは把握《はあく》している。おそらくは、テロリストたちと闘《たたか》っていたのだろう。

しかしついさきほど、彼の心音が突然不安定なリズムになった。致命傷《ちめいしょう》を受けたか、もしくは他の危険な状態に陥《おちい》ったか——。センリツの脳裏《のうり》に、次々と悪い想像が浮かんでくる。

「でも、ネオンを置いて様子《ようす》を見に行くわけにもいかないし……」

当のネオンは、席を立ちあがり、舞台《リング》を見下ろしているようだ。何やら呑気《のんき》な様子《ようす》である。

「うわっ！　すごーい！　ねえ、ちょっと見てみなよー！」

ネオンに手招きされ、センリツも下を覗《のぞ》きこんだ。

「……え?」

なんと舞台《リング》の上には、マスク男らを相手に大立ち回りを演じている者たちがいたのである。

「せいっ……！」

ズシの正拳《せいけん》がマスク男の正中《せいちゅう》を突き、一撃《いちげき》で沈めた。

このテロリストたちは、あの餓鬼《がき》という男に比べればなんということもない雑魚《ざこ》だ。これなら自分でもどうにかなる。

「身体《からだ》はもうすっかり平気なようですね、ズシ」

ウイングが敵のチェーンソーをひらりと躱《かわ》しつつ、オーラで強化した裏拳《うらけん》を顔面に叩《たた》きこんだ。さすがは心源流《しんげんりゅう》拳法師範代《しはんだい》ともいうべき、流れるような所作《しょさ》である。

「押忍《おす》！　ゴンさんたちが頑張《がんば》ってるのに、自分だけ寝てるわけにもいかないっすから！」

客席に狙いをつけていたセキュリティガンが、突然動作を停止したのは、つい五分前のことだった。

おそらくゴンやその仲間たちが、やってくれたに違いない。

ズシたちは、動揺《どうよう》するマスク兵の隙《すき》をつき、こうして人質《ひとじち》解放のために暴れはじめたというわけである。

「というか師範代」

「何です？」

「ビスケさんって、あんなに強かったんすね……」

客席の間を踊るように飛び回り、次々と敵を倒していくビスケの戦いぶりに、ズシは目からウロコが落ちたような気分だった。

ビスケの拳《こぶし》がマスク兵士を華麗《かれい》に仕留《しと》めるたびに、客席からは大きな拍手が巻き起こっていた。自分とさほど歳も変わらない女の子だろうに、その拳法の完成度は、すでに熟練者の域に達しているようにも思える。

「下手《へた》すればゴンさんやキルアさんより強いじゃないっすか……⁉　あんな女の子がいるなんて、自分、軽くショックっす……！」

「あ、彼女は女の子というわけではなく――」

と言いかけて、ウイングは言葉を濁《にご》す。

「いえ、やめておきましょう。また睨《にら》まれてしまいますし」

「？」

首をかしげるズシの近くに、客席から当のビスケが飛んできた。

彼女はマスク兵を飛び蹴《げ》りで仕留めつつ、舞台《リング》の上に華麗に着地する。

「さて、これであらかた片づいたかしら？」

「ええ。なんとか一般人から怪我人《けがにん》を出さずに済みそうです」

ウイングがメガネの位置を直しつつ応《こた》える。

「今日はのんびり観戦しようと思ってきたのに、なんだか疲れたわさ」

「まだ事件は片づいていませんよ」

そう言って、ウイングは頭上を見上げた。

この闘技場《コロッセオ》の真上に、何か良くない巨大なオーラの持ち主がいる。それはズシにもわかった。

「まあ、あっちはあの子たちがなんとかするでしょ。たぶん」

「今は彼らに任《まか》せる他ありませんね。とりあえず私たちは、お客さんたちを避難させることに専念しましょう」

「確かに、ここは危険すぎるわさ」

ビスケが、少しだけ不安げな面持《おもも》ちで言う。

「行きますよ、ズシ！」

「押忍、師範代！」

まだ残っている敵を蹴散《けち》らし、ズシは観客席に走った。

※

ゴンが屋上へと続く昇降口《しょうこうぐち》の鉄扉を開くと、そこは異様《いよう》な雰囲気に満《み》ち溢《あふ》れていた。

冷たい風が唸《うな》るように吹き荒れ、肌にビリビリと圧迫感を覚える。まるで、怨念《おんねん》が渦巻《うずま》いているかのようだった。

奥に見えるのは、黒翼《こくよく》のオーラに磔《はりつけ》にされたネテロの姿。そして、マントを風にたなびかせている眼光《がんこう》鋭い青年——ジェドだった。

「……きたか」

抑揚《よくよう》もなくつぶやくジェドの前に、ゴンが立ちはだかった。

「お前をぶっ飛ばすためにね！」

「満身創痍《まんしんそうい》の割に、口だけは達者《たっしゃ》なようだな」

「こんなのへっちゃらだ！　仲間の命がかかってるんだから！」

ジェドは口元を歪《ゆが》め、ふっと息を漏《も》らした。

「仲間か……。だが残念だな。その仲間はハンターなのだろう？　助けたところで、もうすぐこの世界にハンターの居場所はなくなるのだぞ？」

「どういうことだよ？」

キルアが眉《まゆ》をひそめる。

その無知蒙昧《むちもうまい》さをあざ笑うかのように、ジェドが説明を始めた。

「協会が保管する極秘文書《ブラックレコード》が開示《かいじ》されれば、ハンター共と協会はその権威《けんい》を失うことになる。今まで隠蔽《いんぺい》されてきた悪行《あくぎょう》の数々が白日《はくじつ》の下《もと》に晒《さら》され、ハンターは世界から忌《い》み嫌われる存在となるだろう」

薄い笑《え》みを浮かべ、ジェドは続ける。

「しかる後《のち》に、このオレと怨《オン》の力が、正義の名の元にハンター共を断罪《だんざい》してやる。それがこのオレの復讐《ふくしゅう》なのだ」

「正義だって……？」

「そうだ少年。貴様《きさま》らは知らんだろうが、ハンター協会は悪を成《な》している。これは純然たる真実だ。だからこそ、怨《オン》の力で鉄槌《てっつい》を下してやらねばならん。……貴様ら、本当にそれを邪魔《じゃま》するつもりなのか？　ハンター協会の悪を黙って見過ごすつもりなのか？」

ジェドが、強くゴンを睨《にら》みつける。

しかしゴンは、一切《いっさい》気圧《けお》されることなくジェドを睨み返した。

「そんなの、どうでもいいよ！」

「どうでもいい、だと……？　どういう意味だ」

「ハンター協会が悪だとか、断罪が正義だとか、そんなの関係ないって言ったんだ！　今、お前のせいで仲間が苦しんでて、ネテロさんやバトルオリンピアを楽しみにしてた皆が困ってるなら……オレはお前を止める！　それだけだ！」

叫ぶゴンに、ジェドが頭を振って応《こた》えた。

「己《おのれ》の目先に映るモノのみに囚《とら》われ、大義《たいぎ》を見失っている、か……。子供とはいえ、貴様もやはり、欲深きハンター共の端《はし》くれであることには変わりはないようだ」

ジェドの漆黒《しっこく》のオーラが強く膨《ふく》れ上がる。

「言って聞かないのであれば、拳《こぶし》で語るのみだ、少年……！」

どうやら、本格的にやる気らしい。

「望むところだ！」

「ああ。悪いけど、さっきやられた借り、キチンと返させてもらうぜ」

キルアと二人、臨戦態勢《りんせんたいせい》を取る。

先手必勝《せんてひっしょう》。

ゴンは腰をかがめ、「ジャンケン！」のかけ声と共に、右手にオーラを集中した。

敵の力がわからない以上、まずはこれで様子《ようす》を見る……！

「――パーッ！」

ゴンの開いた掌《てのひら》から、念《ネン》の光弾《こうだん》が発射された。バレーボール大の光弾が、ジェドに向かって一直線に飛んで行く。

「ふっ、他愛《たわい》ない」

ジェドは虫でも振り払うかのように、片手でゴンの念弾《ネンだん》を軽く弾《はじ》いた。たったそれだけの動作で、念《ネン》弾は消滅してしまう。

だが、そのくらいはゴンとキルアも予想済みである。

念弾《バー》はあくまでも囮《おとり》。キルアは念《ネン》弾の影にかくれるようにジェドに接近し、音もなく不《ふ》意打《いう》ちを図《はか》ったのだ。

「――殺《と》った！」

ジェドの顔面に向けて、キルアは強烈な回し蹴《げ》りを放った。

しかし、そのキルアの右足は、どういうわけかジェドには届かない。

「無駄《むだ》だ」

キルアの攻撃を阻《はば》んでいるのは、分厚《ぶあつ》いオーラの壁だった。漆黒《しっこく》の怨《オン》の壁が、ジェドの身体《からだ》を守っているのである。

「何だ、このオーラ……⁉」

突然、ジェドの身体を覆《おお》うオーラが、間欠泉《かんけつせん》のように足元から膨《ふく》れ上がった。その爆風は、キルアの身体を容赦《ようしゃ》なく吹き飛ばす。

「キルア⁉」

慌《あわ》てて駆け寄るゴン。

キルアは背後のコンテナに叩《たた》きつけられるも、受け身を取ってすぐに立ち上がった。

「大丈夫《だいじょうぶ》だ……！　けど」

身体に目立った外傷はない。だが、キルアの表情は戦々恐々《せんせんきょうきょう》となっていた。

「あれが本家《ほんけ》本元《ほんもと》の怨《オン》かよ……！　冗談きついぜ」

そう。今の攻防《こうぼう》において、ジェドはまったく微動《びどう》だにしていなかった。

ジェドは眉の一つも動かすこともなく、ただオーラを発しただけで、キルアの攻撃を防ぎ、吹き飛ばしたのである。

ゴンは、ごくりと息を呑《の》む。

「今のって、ただの〝練《レン》〟……みたいなもんだよね？」

「ああ。オレたちとはそもそものオーラの量が桁《けた》違いだぜ。あいつ」

たとえるなら、アリと象の戦い。

今のゴンたちとジェドには、そのくらいのオーラの差があった。念《ネン》能力者同士の勝負が、必ずしもオーラの多寡《たか》で決まらないとはいっても、ものには限度がある。

「でも、オレの〝グー〟なら……」

「やめとけ。接近戦であんな隙《すき》だらけの技を使ったら、ヤツの血を食らっちまう……！

そうなったらアウトだぞ」

「やってみなきゃわかんないだろ！」

ゴンの右拳《こぶし》に、オーラが集中していく。

「おい、ゴン⁉︎」

ゴンはキルアの静止を振り切り、ジェドに向かって走り出した。

「……最初は、グー！」

「バカ野郎！　何考えてんだ⁉︎」

キルアが背後で叫んでいるが、今のゴンの耳には届かない。自分たちの力でジェドを倒すには、もうこうするより他に方法はないのだ。

ジェドがニヤリと笑《え》みを浮かべる。

「ほう……。臆《おく》せず正面から向かってくるか。度胸《どきょう》だけは買ってやる」

「ジャン！　ケン──！」

ジェドの間合いに入ったところで、ゴンの拳に身体中の全オーラが集中する。

しかし、やはり、というべきか。

「隙だらけだぞ、少年」

敵は、大振りの必殺技《ゲー》をまともに食らうような甘い相手ではない。

ジェドは目にもとまらぬ速度でゴンの背後に回りこみ、その首筋に手刀《しゅとう》を放った。

撫《な》でるような一撃《いちげき》だったが、オーラの攻防力をすべて拳に集中していたゴンにとっては、それだけで致命的な打撃となってしまった。

「が……は……っ……!?」

ゴンは膝《ひざ》から崩れ、その場にうつ伏せに横たわってしまう。

「くそっ……だから言わんこっちゃねえ……！」

キルアが舌打ちをした。踏みこむに踏みこめず、戸惑《とまど》っている。

「ふっ……。では望みどおり、我が血の虜《とりこ》としてやろう、少年」

ジェドは手袋を外《はず》し、自《みずか》らの手の甲を爪で傷つけた。そこから一筋《ひとすじ》の闇《やみ》色の鮮血が、ぽたり、と地面に零《こぼ》れる。

「この血を受け入れ、怨《オン》に目覚《めざ》めるもよし、怨《うら》みに焼かれて死ぬもよし。どちらでも好きな方を選ぶことだな」

「やめろおおおおおおおおおおっ！」

キルアの絶叫も空《むな》しく、ジェドは倒れたゴンの口元へと、自らの血を注いだ。

その瞬間、ゴンの口内に、えも言われぬ刺々《とげとげ》しい苦味《にがみ》が広がる。

「うっぐうううううう……⁉」

身体中が、熱を持ったように火照《ほて》り始める。全身の骨が軋《きし》みをあげ、細胞すべてが叫んでいるかのような感覚だった。倒れているはずなのに視界はぐらぐらと宙を彷徨《さまよ》い、心臓は早鐘《はやがね》のように強烈な鼓動《こどう》を繰り返している。耳の奥では「怨め」「怨め」という呪言《じゅごん》が、合唱のように鳴り響いていた。

これがジェドの能力……。怨《オン》でこちらを焼き尽くそうとしているのだ。

「クラピカは今、こんな痛みに耐えてるんだ……！」

ゴンは、痛みを必死にこらえつつ、よろよろと立ち上がった。

その姿に、キルアが心配そうに声をかける。

「ゴ、ゴン⁉　無理するんじゃねえ！　その血を受けたお前は、念《ネン》が使えないんだぞ！　いいから寝てろ！」

「大丈夫だよ、キルア。全部……オレの狙いどおりだから」

「え……？」

キルアは、鳩《はと》が豆鉄砲《まめでっぽう》を食らったような顔をしていた。

口を開いたのは、それまで闘いを傍観《ぼうかん》していたネテロだ。

「まさかゴン、お主《ぬし》、ジェドを倒すために〝怨《オン》〟を受け入れるつもりなのか……⁉」

「うん……。今のオレたちの力じゃ、絶対にアイツに勝てない。みんなを助けるためには、どんな手だって使わなくちゃ」

「いかん！　やめるんじゃゴン！　その力に精神《こころ》を委《ゆだ》ねれば、死ぬまで復讐鬼《ふくしゅうき》と化すのじゃぞ！」

ネテロの言葉にも耳を貸さず、ゴンはジェドを睨みつけた。

怨《オン》を受け入れることこそが、この強大な敵を倒しうる唯一《ゆいいつ》の切り札。

だからこそゴンは、あえてジェドの前に無防備に身を晒《さら》し、血を受けたのである。

——たとえオレがどうなっても、こいつさえ倒せれば……！

決意を固めたゴンの表情を見て、ジェドが口元を歪める。

「そういうことか。面白《おもしろ》いぞ少年……！　さあ、怨みの力に身を委《ゆだ》ねてみせろ！」

「言われなくってもやってやる……！　お前は絶対に許せない……！　オレの仲間を傷つけただけじゃない。自分の仲間にも酷《ひど》いことをしたんだ……！」

ゴンは、ぎりっと奥歯を噛《か》みしめる。

「ゴン、やめろ！　お前が闇に堕《お》ちる必要なんてねえよ！」

「だめじゃ、それだけは――！」

キルアとネテロが必死にゴンの身を案じているが、今回ばかりは聞くわけにはいかない。

彼らを助けるためにも、これは必要なことなのだ。

「オレは絶対にジェドを倒す！　そのためになら、怨《オン》の〝制約と誓約〟を受け入れる！」

ゴンが、そう宣言した瞬間だった。

「……う、うわあああっ……！」

身体の内側から、溢れんばかりのオーラが湧《わ》いてくるのを感じる。いつもの〝練《レン》〟の十倍くらいの生命エネルギーが、身体から発せられているようだ。

――これなら、ヤツを倒せる……！

脳裏《のうり》を支配しているのは、圧倒的な万能《ばんのう》感と、激しい攻撃衝動。

身体に流れる闇のオーラが、「目の前の敵を倒せ」「怨みを晴らせ」と、ゴンに囁《ささや》きかけているのだ。

ジェドもまた、ゴンと同じ色のオーラを発しながらこちらに近づいてきた。

「いいぞ！　オレと同じ進化を体験しろ……！」

「オレは絶対に仲間を守る……！　そのために、お前を倒す！」

ゴンは拳を握りしめ、ジェドに殴《なぐ》りかかる。

怨《オン》に包まれたゴンの右拳は、分厚《ぶあつ》いオーラの盾《たて》をやすやすと貫通し、ジェドの左腕を捉《とら》えた。腕にしびれが走ったのか、ジェドは「ぐっ」と顔をしかめる。

「よし……！」

ついにゴンはジェドに対し、有効打を与えることに成功したのだ。

「どうだ？　これが怨《オン》の力だ。怒りに身を任《まか》せれば任せるほど、怨《オン》はお前に力を与える。気持ちがいいだろう？」

ゴンは答えず、ジェドを睨みつける。

「どうした少年。お前はもうオレたちの仲間だ……！」

「お前の仲間になんかなるもんか！　オレの怒りは、オレの仲間の怒りだ！」

ゴンは「ジャンケン！」のかけ声と共に、右手にオーラを集中し始める。

狙うのは、この莫大《ばくだい》なオーラによる必殺の一撃だ。

「チーッ！」

ゴンの右腕の漆黒のオーラが、巨大な刃《やいば》と化した。

たとえ苦手な変化系の能力であっても、怨《オン》に目覚めた今のゴンならば、熟練の変化系能力者以上の精度で扱うことができる。

ゴンは身《み》の丈《たけ》の三倍ほどの黒刀《こくとう》を振りかざし、ジェドに真っ向から斬撃《ざんげき》を放った。

「たあああああっ！」

どん、と衝撃があたりに響いた。

　しかし、手ごたえはない。ゴンの刃《チー》が切り裂くことができたのは、ジェドの後ろにあったコンテナだけだった。

「やはり、まだまだ青いな、少年」

「ぐっ……!?」

　ジェドはいつの間にかゴンのすぐそばに立っていた。逃げることすらできずにゴンは片手で首をつかまれ、宙吊《ちゅうづ》りにされてしまっていたのである。

　いつジェドは刃《チー》を躱《かわ》し、自分に接近していたのか。

　その身のこなしを、ゴンは目で追うことすらできなかった。

「仲間にならぬならここで殺すまで。ハンターはどのみち、全員始末する予定なのだからな」

　ジェドの右腕が、ゴンの気道を圧迫する。

　キルアは、割って入ることもできずに、離れたところからゴンとジェドの怨《オン》による闘いをただ見守っていた。

「くそっ……怨《オン》の力でも勝てないってのかよ」

「たとえ怨《オン》によってオーラの量が爆発的に増えようと、培《つちか》った技術や戦闘経験までは変わらんからの……。純粋な戦闘能力という意味において、今のゴンはまだジェドの域《いき》には遠く及ばんのじゃ……」

ネテロが、苦渋《くじゅう》の声で語る。

「あの若々しいジェドは、ヤツの全盛期の姿。……もしかすると、五十年前のわしよりも強いかもしれん」

つまり、怨《オン》という同じフィールドに至ったとしても、まだゴンとジェドの間には大きな溝《みぞ》があるということだ。

ジェドがネテロより強いというのであれば、なるほど、まず勝てる道理《どうり》はない。だというのにあの親友《ゴン》は、そんな相手に命がけの禁術《きんじゅつ》を用いてまで挑《いど》もうとしているのだ。

――くそっ。ゴンが命はって闘ってんのに、オレは何もできないのかよ……!

キルアは悔《くや》しさに歯嚙《はが》みする。

自分には、あの敵をどうこうできるような手段はない。だから、一歩も動けない。身体が、動いてはならないと命令しているのだ。

それは、自分でも呆《あき》れるほどに合理的な判断だった。友達を助けるために特攻《とっこう》することさえ、この足は許してくれないのだ。

そんなキルアのやるせない心情を悟《さと》ったかのように、ネテロが目配《めくば》せをしてきた。

「キルアよ。今、念《ネン》が使えるのはお主《ぬし》だけじゃ。この黒い翼さえ外《はず》れれば、あとはわしがなんとかするんじゃが」

お願い、とばかりにウインクをして見せるネテロ。

仕方がない。他にできることもないし、頼られているのなら、やってみせるだけだ。

「――わかったよ。ジジイ」

キルアは、ネテロの足元にうずくまる少女の亡骸《なきがら》に目を向けた。ネテロを助けるには、あの黒翼を操る少女をなんとかしなければいけない。

「こいつ自身は死んでるのに、怨《オン》の力だけでジジイを動けなくしてるなんて……！」

ネテロを縛《しば》る漆黒のオーラの翼は、非常に強力なものだった。〝凝《ギョウ》〟を使うまでもなく、その存在感がありありと伝わってくる。

キルアは両手にオーラを纏《まと》い、翼に触れようと手を伸ばす。

その瞬間、翼の一部が黒い触手を伸ばし、キルアの手首に巻きついた。触手は、手首を引きちぎろうとするかのように、強烈な力を加えてくる。

「安易《あんい》に触れると、自動的に攻撃してくる仕組みか……。怨《オン》ってのはつくづくとんでもねえな……！」

それだけ、この少女の怨《うら》みが深いということなのだろう。怨みをエネルギーに変えるだなんて、まともな人間の神経で生み出せる術ではない。

「だからこそ、そこにつけこむ隙《すき》があるんだけどな……！」

キルアは両手のオーラを電気に変えた。バチバチと火花が爆《は》ぜ、黒い触手《しょくしゅ》を焼き尽くす。翼のオーラはそれで強敵の存在を悟ったのか、今度は少女を守るように覆《おお》い隠した。翼の壁が、キルアの接近を阻《はば》んでいる。

こうなったら力ずくだ。なんとしても、この怨《オン》を消してやる……！

「うおおおおおおっ！」

キルアは両腕に激しいスパークを起こし、その手で翼の防御をこじ開けようとする。

しかし、少女の防衛本能も強いのか、キルアがこじ開けようとすればするほど、翼のオーラはいっそう守りを強固《きょうこ》にしていくようだ。

「うわあああああああっ――！」

キルアに残された手段は、もはや極限まで電圧を高めることだけだった。

自分の限界を超える電圧に、腕が焼け爛《ただ》れていくのを感じる。

でも、そんなのかまいやしない。ゴンだって命がけで闘っている。自分にできることがこれだけなら、全力でこれをやるしかないのだ。

黒いオーラと電流がせめぎ合い、周囲に火花を散らす。

最終的な勝者は、キルアのオーラだった。

「開いた……！」

翼のオーラをこじ開け、キルアは少女に駆け寄る。

少女は自《みずか》らの胸にナイフを突き刺した姿勢のまま、じっと蹲《うずくま》っている。

「……あのさ」

キルアは、彼女の前に腰を下ろすと、そっと肩に手を置いた。

「オレ、お前の仲間と闘ったんだ。……結構手ごわかったぜ。怨《オン》の力なんかなくても、アイツは十分強かったと思う……」

優しく諭《さと》すように、キルアは続ける。

「お前も強《つえ》ぇよな。死んでも戦うなんてさ……。さすがアイツの仲間だよ。でもオレなら、仲間に怨《オン》の力で強くなって欲しいなんて思わない」

ジェドに首を絞《し》められたまま、もがくゴンに視線を送る。

苦しげに顔を歪《ゆが》ませるゴンは、その心にジェドへの憎しみを募《つの》らせているようだ。ゴンにあんな顔をさせている原因が自分の弱さだと思うと、キルアは悔しさで胸がいっぱいになる。

「こういうと変かもしれねーけど……。あの餓鬼《がき》ってヤツが言ってる気がするんだ。もう終わらせてやってくれってな」

少女の瞳から、すうっと一滴《いってき》の雫《しずく》がこぼれた。

それは、死した人間が決して流すはずのないものだった。

実際のところ、今まで彼女は自身の怨《オン》に生かされていたのだろう。怨みのエネルギーが浄化《じょうか》されたことで、彼女はようやく安らかに「死ぬ」ことができたのだ。

「……復讐心から解放されるのが唯一死ぬときだけだなんて、あんまりだよな——」

少女は眠るように、ゆっくりと瞼《まぶた》を閉じた。

その瞬間、彼女の背の黒翼のオーラが弾《はじ》けるように霧消《むしょう》する。

「おお……!?」

同時に、ネテロを縛るオーラも砕け散り、ようやく自由の身になる。

「さて、と……」

ネテロは下駄《げた》をその場で脱《ぬ》ぎ捨て、宿敵《ジェド》を見据《みす》えた。

ジェドもその気配に気がついたのか、つかんでいたゴンを打ち捨て、ネテロへと向き直る。

「やるな……煉獄《れんごく》の縛《いまし》めを破るとは」

「こやつらのおかげじゃよ」

そう言ってネテロは、キルアとゴンに視線を送る。

「わしも、せめてお主らに報《むく》いるくらいの働きはせんとな」

ネテロは呼吸を整えると、手元で素早く印《いん》を結びはじめる。

傍《はた》で見ているキルアは、この瞬間、老人を包む念《ネン》のオーラが恐ろしいほどに膨《ふく》れ上がるのを感じた。ジェドの怨《オン》と比べても、なんら遜色《そんしょく》ないくらいの量である。

確かにこれなら、あのジェドをなんとかできるのかもしれない。

ネテロは、かっ、と目を見開いた。

「……百式観音《ひゃくしきかんのん》……！」

地鳴《じな》りのような唸《うな》りと共に、ネテロの背後に巨大な観音が出現する。

数十メートルはありそうなその巨軀《きょく》は、単なる虚仮《こけ》おどしではない。ひしひしと感じる威圧感《プレッシャー》から察するに、それ自体が濃密《のうみつ》なエネルギーの結晶体《けっしょうたい》なのだ。

「すげえな、ジジイ……」

観音の掌《てのひら》の上で、ネテロが静かに合掌《がっしょう》をしている。

その視線は、地面で怨《オン》の苦痛に耐えるゴンをまっすぐに捉《とら》えていた。

「はあああっ！」

ネテロが気《き》合《あい》をこめると、百の手の一つが、ゴンの身体に向けて、強力な念《ネン》の光弾《こうだん》を発した。

その光を全身に浴び、ゴンは「うわあああああっ！」とのた打ち回り始めた。

「ゴン……!?」

キルアが慌《あわ》ててゴンに駆け寄る。

一体ネテロはゴンに何をしているのか。

疑問符《ぎもんふ》を浮かべたのはキルアだけではなく、ジェドも同様だった。

「何をした？」

「お前さんの〝制約と誓約〟を利用させてもらったのじゃよ」

「どういう意味だ」

「例の血の力は、わしにだけは効《き》かんのじゃろう？　それはつまり、わしの念《ネン》――生命エネルギーには、怨《オン》を中和《ちゅうわ》する作用があるということじゃ」

「バカな……！」

ジェドが目を見開いて驚く。この男自身、自分の血の能力にそんな抜け道があったとは気がついてなかったに違いない。

「百式観音は、怨《うら》みとは相反《あいはん》する慈愛《じあい》の力。どちらが勝つかは己の強さ次第《しだい》――」

ゴンが苦しそうにしているのは、身体の中でジェドの怨《オン》とネテロの念《ネン》がせめぎ合っているからなのだろう。

「目を覚《さ》ませ、ゴン！」

とっさにゴンの手を握《にぎ》るキルアだったが、ゴンの顔色はあまり良くはない。本当に元に戻るのだろうか。

「もうゴンと戦えるのはゴン自身のみ――」

ネテロはジェドに向き直り、強い視線で睨みつけた。

「さあ、こっちはこっちで決着をつけようじゃないか……！」

ネテロの挑発を受け、ジェドが険《けわ》しい表情を浮かべる。

「……ここで貴様と戦うのは久しぶりだな。最後は確か、五十年以上前だったか――」

ジェドもまた、胸の前で印を結び始めた。既にあれほど強大だった怨《オン》のオーラが、さらに大きく膨張《ぼうちょう》していく。

「地獄を見てきたオレには、何百年も前のことのようだがな……！」

ジェドの背後に現れたのは、鬼の姿をした巨大な影だ。

ネテロの観音に勝《まさ》るとも劣らない、負《ふ》の想念《そうねん》の具現化《ぐげんか》である。

「百鬼呪怨《ヒャツキジュオン》……羅刹《ラセツ》！」

ジェドの鬼――羅刹《らせつ》が金切声《かなきりごえ》をあげ、百式観音に対峙《たいじ》した。

怨みと慈愛の化身が、互いを敵として認識したのである。

「怨《オン》の力を追い求めたのは、弱者たちの無念を晴らすため……。お前はそう言ったな」

「そのとおりだ」

先手を取ったのは羅刹だった。

羅刹の口から、禍々《まがまが》しいオーラの衝撃波が放たれ、対する観音は百の掌《てのひら》でこれを受け止めた。実力伯仲《はくちゅう》、といった様相《ようそう》を呈《てい》している。

「――だが、若者たちを道具のように扱う様子《ようす》を見て確信した。お前はただ、他人の『怨み』をハントし、集めているだけだ……！」

「なんだと……!?」

怨《オン》に包まれた羅刹の拳と、念《ネン》を帯びた観音の掌底《しょうてい》が激突する。

猛打《もうだ》の嵐が闘技場《とうぎじょう》上空に吹き荒れ、大気をびりびりと震わせた。

「お前もわしと同じ、どこまで行ってもハンターなのさ」

「……違う！　そんなことはない……！」

ジェドが、ネテロに殴《なぐ》りかかった。

上空の羅刹同様、怨《オン》を纏《まと》った高速の拳打《けんだ》を放ったが、ネテロはそれらすべてを見切り、受け流す。

「思えば、お主を怨《オン》の三悪道《さんあくどう》に堕《お》としてしまったのは、わしかも知れぬ」

「………!?」

「わしとお主はコインの表と裏。その立場以外に、何の違いもなかった。ただ、歩む道が分かれただけなのだ」

「……だとしても、その道はもはや交《まじ》わることはない！」

ジェドの振り下ろす強烈な拳を、ネテロは腕で受ける。

次々に放たれるジェドの拳を、ただただネテロは耐えていた。悪意を、慈愛で受け止めるかのように。

「だからこそ、あのときわしがお主を止めるべきじゃったんじゃ……。仲間としてな」

「仲間、だと……！」

「お主を救えなかったのは、わしの罪……！　怨み晴れるまで打ち続けるがよい。死んでいった〝影《かげ》〟たちの怒り、憎しみ、そして――」

「戯言《ざれごと》おおおおおおおおっ！」

羅刹とジェドが、いきり立って百式観音に襲いかかる。

対するネテロは落ち着いた表情で、それを迎え撃《う》つのだった。


横たわって苦しむゴンが、ぽつりとつぶやいた。

「仲間……」

「そうだ……！　戻ってこいゴン！　オレたち、仲間だろ⁉」

そんなキルアの声がゴンに届いたのか、ゴンは、「ううう っ！」と大きく身を捩《よじ》らせた。

ゴンの身体から黒い怨《オン》のオーラが吐き出され、その身体が輝く光に満たされていく。

「これは、念《ネン》のオーラ……⁉　戻ったのか……ゴン……！」

ゴンは目を開け、ゆっくりと上体を起こした。キルアに向かって、ばつの悪そうな笑顔を浮かべる。

「……ただいま、キルア。心配かけてゴメン」

「ゴン、このバカ野郎《やろう》……！」

ゴンは立ち上がると、ネテロと闘いを続けるジェドの方へと向き直る。

ジェドは、狐《きつね》につままれたような表情で、ゴンを見ていた。

「バカな……!?　怨《オン》の呪縛《じゅばく》から逃れるとは……！」

「ジェド、お前の相手はオレだ」

ジェドに向かって、ゴンは果敢《かかん》に歩を進める。その足取りには、躊躇《ちゅうちょ》も怯《おび》えも全く見られなかった。

むしろ、怪訝《けげん》な顔を浮かべていたのはジェドの方であった。

「なんだと……!?」

「オレはお前を――」

ジェドの顔をまっすぐに見据《みす》え、ゴンは言う。

「許す……！」

それは、怨《オン》との決別を示した意思表明だったのだろう。

怨みの力に頼ることなくジェドを止めてみせると、そうゴンは言ったのだ。

「随分《ずいぶん》と舐《な》められたものだな、少年……！」

ジェドの百鬼呪怨・羅刹が、ゴンに迫る。

しかし巨大な羅刹の姿を前にしてもなお、ゴンの視線は揺るがない。

「ジャン！　ケン――！」

ゴンの拳に、超高密度のオーラが凝縮《ぎょうしゅく》される。

キルアは、そこでようやく、ゴンのオーラが通常とは異なっていることに気がついた。

その神々《こうごう》しく輝くオーラは、ゴンだけのものではない。

「あれは、ジジイの百式観音の――」

さきほどネテロに与えられた慈愛のオーラを、ゴンはそのまま自分の右手へと流用していたのである。今やゴンの拳は、ネテロにも匹敵《ひってき》するレベルのオーラを帯びているのだ。

「小賢《こざか》しいいいいいいっ！」

ジェドの咆哮《ほうこう》と共に、羅刹の爪が、ゴンを引き裂こうと襲いかかった。

ゴンは足を踏みこみ、真っ直ぐに羅刹へと突っこんで行く。

「グウウウウウウウウウウッ――――！」

拳に一点集中させた極大《きょくだい》のオーラで、ゴンは羅刹を貫《つらぬ》いた。

その勢いのまま、ジェドの胴体に拳を叩《たた》きつける。

「ぐ……！　ガハアッ……⁉」

その右拳《グー》は、威力だけなら百式観音の一撃をも凌駕《りょうが》するものだっただろう。

羅刹の像は粉々に砕け散り、ジェドは血を吐いてその場に崩れ落ちた。

「なんという、力だ……！」

「怨《オン》の力に勝るのは、森羅万象《しんらばんしょう》、この世のすべてのものを許す慈悲の心じゃ」

百式観音の掌から、ネテロが見下ろす。

「認めぬ。怨みの力が敗北するなど……。オレの復讐は、こんなところで潰《つい》えるわけにはいかんのだ……!」

怨みの眼差《まなざ》しが、ゴンを見つめる。

ゴンは複雑な表情で、それに応えた。

「オレにはわかんないよ。仲間を道連れにしてまでしなきゃいけない復讐があるなんて」

「いずれわかるときがくる……。お前はまだ、若すぎるのだ」

ゴンは首を振る。

「そんなの、わからなくてもいい。お前のしたことなんて全然納得いかないし、納得しようとも思わない。でも——」

ゴンは、ジェドに強い視線を向けた。

「怨《オン》に触れて、お前の悲しみの深さはわかった。これからはオレたちがしっかりやる。もう、お前の悲しみは絶対に繰り返さないから!」

「少年……」

「だから、未来のことは心配しないで、安心して休んで……」

まさか、自分を労《いた》わる言葉をかけられるとは思ってもみなかった——ジェドの表情は、そんな驚きに満ちていた。

「わしらは所詮《しょせん》過去に囚われた身。じゃが、こやつらには新たに未来を築く力がある。……それを信じて道を譲ってやるのも、老いた者の務めよ」

「負けたのか。オレは……この少年に……」

ゴンを見つめ、ジェドはつぶやくように言った。

「だがネテロ、こうなったことをオレは決して後悔してはいない。オレとお前の決着はまだついていないのだからな……。今度こそ――」

そこまで言って、力尽きたのだろう。

ジェドの身体は、さらさらと灰になって崩れていった。

残されていたのは、男の衣服と、半分に分かたれた、古いコインの破片《はへん》だけだった。

ネテロはそれを拾い上げ、感慨深く見つめる。

終章

ジェドと最後に夕日を見たのは、もう何十年前だろうか。

あれは確か、この天空闘技場《てんくうとうぎじょう》の屋上——。バトルオリンピアの決勝、世界最強の座を巡《めぐ》り、二人で死闘《しとう》を演じた直後のことだった。


ジェドの傷だらけの顔が、朱《あけ》に染まる。

「——今日のところは引き分けで勘弁《かんべん》しておいてやる」

ネテロとジェドの試合は、数時間にも及ぶ長期戦の末、ついに決着がつかず、引き分けとなってしまった。

お互い、今日こそは長きにわたるライバル関係に終止符《しゅうしふ》を打つつもりでバトルオリンピアに参加したのに、まさか、またこうなるとは。

「でも、いつの日か、必ず決着をつけるからな」

「おう！」

ネテロは、拳《こぶし》をぐっと握《にぎ》って応《こた》える。

決着がつかなかったのは残念だが、まあ、その分また自分を鍛《きた》え直すという楽しみもあった。二年後、またこの男と闘《や》るときまでに、自分はどれだけ強くなれるだろうか——それを思うと、期待に胸が震える。

「しかし、今日決着がつかなかったとなると、アレをどうするか、問題だな」

「そうだな……」

実は今日の試合には、二人の長年の決着をつけるという他に、もう一つの意味があった。それはすなわち、ハンター協会における役職決めである。

優秀なハンターであったネテロとジェドには、協会から二つのポストが用意されていた。ひとつは、人道《じんどう》支援やテロの撲滅《ぼくめつ》に当たる、ハンター協会における花形《はながた》の実行部隊〝清《せい》凛隊《りんたい》〟の隊長というポスト。

もうひとつは、暗殺や脅迫《きょうはく》などの非《ひ》合法《ごうほう》手段によって、協会にとっての障害を排除する闇《やみ》の実行部隊〝影《かげ》〟の隊長というポスト。

ネテロとジェドの間では、『今日の試合の勝利者が、どちらの隊長になるかを先に決められる』という約束が結ばれていたのである。

ネテロは懐《ふところ》から、一枚のコインを取り出した。

「迷ったときは、いつもみたいにコイツで決めるか？」

「まあ、仕方がなかろう」

ジェドが頷《うなず》くのを見て、ネテロは高くコインをトスする。

コインは夕日を反射してきらめき、放物線を描いてジェドの手の中に落ちた。

「裏、か……」

指を開いたジェドは、複雑な表情でつぶやいた。

「つまり、オレがハンター協会の裏の部分、〝影〟を担当するということだな。〝清凛隊《おもて》〟はお前に任《まか》せるよ、ネテロ」

「本当にそれでいいのか？」

ため息まじりに、ジェドは言う。

「ああ、今はひとまず……な」

そう言って踵《きびす》を返し、昇降口《しょうこうぐち》へ。

途中、一度だけ振り返り、微笑《びしょう》交《ま》じりにネテロに何かを投げてくる。

「——だが、いつの日か……」

それは、半分に千切《ちぎ》れたコインの破片《はへん》であった。

『決着は必ずつける。そのときまで、お互いにこのコインを持っていよう』——ジェドは、そんな風《ふう》に言いたかったのかもしれない。

しかし結局、彼の願いが叶《かな》えられることはなかった。

表と裏に分かれた二人の人生は、千切れたコインのように決別してしまったのだから。

※

コインの欠片《かけら》に目を落とし、ネテロがつぶやいた。

「涅槃《ねはん》には裏も表もないじゃろう。成仏《じょうぶつ》するがよい。心安らかにな……」

次第に朝焼けが広がり、雲の隙間《すきま》からは、眩《まぶ》しい日の光が差しこんでくる。

目を細めるゴンの背後から、「おーい！」という元気のいい声が聞こえてきた。

振り向いて見れば、そこにはすっかり活力を取り戻したクラピカの姿があった。

キルアと二人、クラピカの傍《そば》へと駆け寄る。

「よかった！　助かったんだね」

「ああ、キミたちのおかげだ。礼を言う」

クラピカは、にこりと微笑《ほほえ》んだ。

「ううん、仲間のためだもん！　当然だよ！」

「いや、お手柄《てがら》だったぜ。……つーかお前ら、どうやってジェドってヤツを倒したんだよ」

レオリオの問いに、ゴンが言いにくそうに「えーと」と口ごもる。

クラピカは険《けわ》しい表情で、ゴンに詰め寄る。

「……まさか、怨《オン》を受け入れたのか？」

「なにいっ⁉」

レオリオにも心配され、ゴンは苦笑《にがわら》いを浮かべる。

「……でも、キルアが呼び戻してくれたから。……ありがと、キルア！　やっぱキルアはオレの最高の相棒《あいぼう》だよ！」

「ばっ……！　改まって言うなよ。恥《は》ずいじゃねえか」

少し照れたような表情で、キルアはそっぽを向いてしまった。

「まったく、とんでもない無茶《むちゃ》をするな」

「仲間のためとはいえ、お前ってヤツは……」

クラピカとレオリオは、揃《そろ》ってため息をついた。

「あはは。ホントに死ぬかと思ったけどね」

「笑いごとじゃねえっつーの！」

キルアがゴンを睨《にら》みつける。

「――んで、ジーサン。ゴンの怨《オン》の誓約《せいやく》って、後遺症が残ったりすんのか」

「いや、ジェドの死は怨《オン》の死……きゃつの心は浄化《じょうか》された。もはや心配はいらんじゃろ」

そう聞いて、ゴンはほっと胸をなで下ろす。

「――闇《やみ》は消えたよ」

遠く地平線を見やりながら、ネテロはそうつぶやいた。

その視線の向こうでは、暖かな朝日が、新しい一日の始まりを告げようとしていた。

※

『全世界！　いえ、全宇宙の格闘技《かくとうぎ》ファンのみなさま！　お待たせいったしましたあああああっ！』

闘技場《コロッセオ》に響き渡る司会《コッコ》のアナウンスに、会場中から雷轟《らいごう》のような歓声《かんせい》があがった。

誰も彼もが、これから始まる格闘技の祭典に、胸を躍《おど》らせているのだ。

『いよいよこの格闘技の殿堂《でんどう》、天空闘技場《てんくうとうぎじょう》において、世界最高の格闘技の祭典――バトルオリンピアの幕が開きます！　本日は天候にも恵まれ、まさにバトル日和《びより》！　オリンピア日和でございます！』

やたら高いコッコのテンションは、昨日《きのう》と比べてもなんら遜色《そんしょく》がない。それどころか、昨日にも増して盛り上がっているようにも聞こえた。

客席を見回しつつ、キルアが啞然《あぜん》とした表情を浮かべている。

「なーんか、すげえな。昨日のことなんて何もなかったみてーになってる」

この天空闘技場がテロリストたちから解放されたのは、つい半日ほど前のことだったはずだ。その状態でバトルオリンピアの継続を決定したスタッフたちもすごいが、観客たちもすごい。会場は相変わらずの超満員で、表情にもまるで疲労の色は見られないのだ。

それだけ、バトルオリンピアに情熱を傾けている人が多いということなのだろう。

みんなを助けられてよかった——ゴンは、素直にそう思っていた。

「バトルオリンピアの方はいいとして……。ハンター協会はどうなったんだ?」

レオリオが尋《たず》ねる。

「極秘文書《ブラックレコード》だとか〝影《かげ》〟の存在だとかよ……。あの犯行声明で、一般人には知られちゃいけない暗い部分が色々と露見《ろけん》したんじゃねえの?」

「ああ、それなら、全部、なかったことになったわさ」

応《こた》えたのはビスケだ。

「なかったことになった?」

「『闘技場を占拠《せんきょ》したテロリストたちの言葉は、すべて妄言《もうげん》だった』……これがハンター協会と近代五大陸《V5》政府の公式見解だわさ。……その方が、色々都合《つごう》がいいと判断したんでしょうね」

「また、闇《やみ》に葬《ほうむ》られたってことか……」

キルアが声を落とす。

レオリオも釈然《しゃくぜん》としていない表情を浮かべている。

「……でも、大丈夫だよ!」

ゴンが、明るい声で言った。

「協会に悪いハンターがいるっていうなら、オレたちが変えていけばいいんだ。……二度と怨《オン》に操られるような悲しい人たちが現れないように！」

それが、未来のことは心配するな、とジェドに告げた自分の使命なのだ。

「うん、その意気だわさ！」

そんなゴンの背を、ビスケが思いっきり叩《たた》く。

「いったあああああっ⁉　何すんだよー⁉」

それはもしかしたら、ジェドの手刀《しゅとう》より強烈だったかもしれない。

※

高速道路を走るノストラード組《ファミリー》のリムジンの中。

「ふふーん♪」

大量のぬいぐるみやらお菓子《かし》やらのお土産《みやげ》に囲まれ、ネオンはご満悦の笑《え》みを浮かべていた。

「あー、今日も出席しろって言われたら、ほんとに怒っちゃうとこだったー！」

「……いや、怒ってたじゃないですか」

運転席のリンセンが、ぼそりとつぶやいた。

「……何か言った？」

「いえ、なんでもないです……」

リンセンとネオンの漫才をBGMに、センリツは安堵《あんど》のため息をついていた。

まさかテロリスト騒ぎに巻きこまれるとは思わなかったが、何はともあれ、全員無事に済んでよかった。ネオンのご機嫌《きげん》も取れたようだし、結果としては万々歳《ばんばんざい》である。

「観《み》ていかなくてよかったの、試合」

隣の座席のクラピカに尋《たず》ねる。

彼はぼんやりと窓から外を眺《なが》めながら、「ああ」とだけ短く答えた。

「……次、いつ会えるかわからないんでしょ？　彼らとは」

しかしクラピカは答えない。

窓の外に目を向けながら、彼は少し微笑《ほほえ》んでみせただけだった。

『彼らのことなら、心配しなくても大丈夫《だいじょうぶ》』

センリツの耳には、彼の穏やかな心音《メロディ》がそう語っているように聞こえていた。

※

天空闘技場《てんくうとうぎじょう》の控室で、ネテロは独《ひと》り、お茶をすすっていた。

『それでは第一試合！　ズシ選手VSカンジル選手！　はじめっ！』

モニターの中では、道着《どうぎ》姿の少年が、自分よりも何倍も大きい闘士《とうし》相手に果敢《かかん》に立ち向かっている。何度倒されてもすぐ立ち上がり、決して勝利をあきらめない少年の姿勢に、観客たちも大いに盛り上がりを見せているようだ。

「ほっほー。昨今の若者は、みな前途有望じゃのう」

今回のジェドの一件で活躍した、ゴンとキルアにしてもそうだ。彼らがいなければ、今頃ハンター協会は大変なことになっていたかもしれない。

「ああいう若者たちが育ってくれてなによりじゃ……。わしも、心置きなく引退することができそうじゃの」

手にしたコインの欠片《かけら》を眺《なが》めながら、ネテロはつぶやいた。

「……未来のハンターたちは、そう捨てたもんじゃないぞ。ジェド」

◇カバーイラスト

作　画：篠雅律
仕上げ：古市裕一
特　効：荒畑歩美
(チーム・タニグチ)

◇ピンナップ表

作　画：篠雅律
仕上げ：古市裕一
背　景：吉崎正樹
特　効：荒畑歩美
(チーム・タニグチ)

◇ピンナップ裏

作　画：篠雅律
仕上げ：古市裕一
背　景：金子英俊
特　効：荒畑歩美
(チーム・タニグチ)

■初出
劇場版 HUNTER × HUNTER The LAST MISSION　書き下ろし

この作品は、2013年12月公開劇場用アニメーション
『劇場版 HUNTER × HUNTER The LAST MISSION』
（脚本・岸間信明）をノベライズしたものです。

[劇場版 HUNTER × HUNTER] The LAST MISSION

2013年12月31日 第1刷発行
2019年 8月14日 第4刷発行

著　者／冨樫義博 ◉ 田中 創

編　集／株式会社 集英社インターナショナル
〒101-8050　東京都千代田区一ツ橋2-5-10
TEL　03-5211-2632(代)

装　丁／川畠弘行 [テラエンジン]

編集協力／藤原直人

発行者／鈴木晴彦

発行所／株式会社 集英社
〒101-8050　東京都千代田区一ツ橋2-5-10
TEL 03-3230-6297（編集部）03-3230-6393（販売部・書店専用）
03-3230-6080（読者係）

印刷所／中央精版印刷株式会社

Printed in Japan　ISBN978-4-08-703306-9 C0093

JUMP j BOOKS ホームページ
http://j-books.shueisha.co.jp/